今宵、嘘つきたちは影の幕をあげる

紅玉いづき

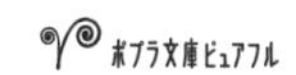

今宵、嘘つきたちは影の幕をあげる

目次

序　――シェイクスピアの回想

　灯りの消えたサーカスは、蓋の閉じられた玩具箱のようだった。

　もうすぐ二十年の時が経つ。数字として残る死傷者よりもずっと大きな被害をだした首都直下型地震は、都内湾岸区域の大規模な液状化を引き起こした。一度は廃棄するしかないといわれた土地が再開発され、経済特区、そして国内唯一にして、アジア圏最大のカジノ街となったこの街。その中心地にあるサーカス専用劇場は、クリスマス公演からの新年公演を終え、春季公演が開幕となるまで、ひとときの眠りにつく。

　休息はほんのつかの間のこと。遠からずはじまる春季公演ではプログラムも一新され、それだけでなく、曲芸学校を卒業したばかりの新人曲芸子（パフォーマー）がサーカスに誕生するだろう。季節が巡るように、また新しいサーカスの幕が上がるのだ。

　公営カジノという欲望の街をその身の潔癖さと清廉さで彩る、少女だけのサーカス。

　熱狂は続いていく。演目がかわっても、曲芸子がかわっても、客席に座る人がかわっても。

　クリスマス公演は連日満席となった。それもそのはずだ。少女サーカスの歴史の中で、異例ともいえるほど長い期間、曲芸子をつとめた花庭（はなにわ）つぼみというひとりの少女。彼女の引退が大々的に発表されていたからだ。

歌姫アンデルセン。

彼女の最後の卒業公演は、王小義（ワンシャオイー）という世界的に有名なプロデューサーの手により、全世界へと配信され、莫大な金が動いた。国内外問わず多くのファンをもつ歌姫の引退後の身の振り方について、多くのメディアがこたえを得ようと奔走したが、五代目アンデルセンと呼ばれた少女は、淡く笑うだけで、明言を避けた。

人々が理解しているのは「歌姫」が続いていくことだけだ。彼女がどこに行くのか、どこからきたのかはわからないが、その冠はうけ継がれる。次の歌姫が。次のアンデルセンが。古き文学者の名前が、彼女達の冠だった。

今代の歌姫がうたう最後の曲は、誰もが知っているものだった。この少女サーカスのメインテーマである、『サーカスへようこそ』。彼女は最後まで、自分のためではなくサーカスのために歌をうたい上げたのだ。

割れんばかりの拍手。涙と熱狂をすべて呑み込んで、そして吐きだして。夜の劇場は今、静まり返っている。

そんな夜の底で、ひとりの女が客席からサーカスを眺めていた。若い女ではない。かといって、年老いたと表現するには、凜とした空気をまとった女だった。

団長、シェイクスピア。

この少女サーカスの頂点に立つ彼女もまた、後世に伝説となる歌姫の最後の公演を見た、幸福な人間のひとりだった。もちろん彼女には主催者として、すべての公演を見る権利があったが、それでも最後の公演だけは、彼女は自分のためにシートを用意した。

エクストラシート。劇場の最前列に数席設けられた、高額なシートだ。購入時に曲芸子の名前を指定することが出来、その購入は贔屓の曲芸子の直接の応援になる。別名、パトロンシート。

——買わせてくれるかしら、あなたの名前で。

そう、シェイクスピアは尋ねた。卒業を控えた歌姫アンデルセンは、緊張した面持ちで頷いた。そして、多くの人間を虜にしてきた唇でこたえた。

——ええ、あたし達の団長。あなたのために。

そうしてサーカスの幕は上がり、終幕を迎えた。五代目歌姫アンデルセンはサーカスの表舞台から去り、そしてもうひとり、このサーカスを去る女がいることを、限られた曲芸子以外は、誰も知らない。

団長シェイクスピア。

サーカスの女神と呼ばれた彼女は、本日をもって、その冠をおろす。あとのことは、歌姫を降りたアンデルセンがすべてを引き継ぐことになっている。それこそが、彼女が決めた引退後の人生だった。

二代目シェイクスピアと呼ばれるのかどうかは、さだかではなかったが。

身を引く自分が初代団長と呼ばれるのかと思うと、ほんの少し、こそばゆかった。

そう、代替わりを続ける彼女達曲芸子ひとりひとりに、「初代」と呼ばれた少女がいたのだ。少女サーカスはこのカジノ特区とともに鮮やかな変容を遂げてきた。ここに至る以前、特に黎明期については多くの資料が残されていない。それは、記録を残すことをよしとしなかった曲芸子がいたからだともいわれている。

そのすべてを誰よりも知っているのは、今まさに団長を降りようとする、彼女だけだった。この少女サーカスの団長シェイクスピアは、今もサーカスに残る、唯一の初代サーカス団員といわれるが、彼女が一体どの文学者の名前で呼ばれていたのか。それとも呼ばれていなかったのか。歴史の真実を闇の中に隠したまま、今日、彼女はこの舞台をあとにする。

座席に腰かけ目を閉じれば、今でも鮮やかに思い出す。

彼女が愛した、黄金色の、あの、舞台のことを。

第一幕

黄金のマリナ
《入団オーディション》

Act 1

お前の不幸は金にならないと言われた。

あの夏の日のことを私は忘れない。


建て直されたばかりの真新しいビルは、どんな名のあるデザイナーの手によるのか、現代美術のごとく先進的なデザインだった。

あまりに近未来的すぎて、見上げると目眩がした。感嘆のため息をついて中に入ると、効き過ぎなほどの空調が着ていたセーラー服を冷やすのがわかった。磨かれた壁に自分の姿が映っている。長い黒髪を三つ編みにした自分の姿は、どこかパーティ仮装めいていた。女子中学生であることは、なんの間違いでもないはずなのだけれど。

受付にはそれこそ芸能人のように美しい女性が座っていた。名前を聞かれ、出来るだけはっきりと、心を落ち着けながら言った。

「諸星（もろぼし）マリナです。ディレクターの浅生（あそう）さんとのお約束できました」

女子中学生がテレビ局を訪れるのは、芸能人であるか、番組観覧ぐらいだろう。私はそのどちらでもなかった。受付の女性は赤い唇にくっきりとした笑顔を貼り付けている。来客用の白い紙が渡され、自分の名前と面会相手、アポイントメントの有無を書かされた。最初から紙を渡してくれなかったのは、私が紙を渡しても構わない相手であるか判断に迷ったからだろうか。

手の中の携帯を開き、メールを開いて、これから会う人の名前を間違えないように書いた。メールに書いてある肩書きには、ディレクター、とあった。それはどんな仕事をする人のことをさすのかを私は知らなかった。

受付の女性が内線電話をかけ、私に奥の喫茶室に入るよう伝えた。

とりあえず、私はこのテレビ局に入ることを許されたのだった。

さざ波のような話し声に満ちた喫茶室の隅に座って、膝の上で拳をかためながらどれくらい待ったかはわからない。

「いやいや、お待たせいたしました」

唐突にそんな風に声をかけられ顔を上げた。

ディレクターという肩書きを名乗った浅生という男性は、ネクタイこそしていなかったが、半袖のワイシャツにスーツのズボンをはいていて、私が勝手に想像していた「テレビの人」の雰囲気はまとっていなかった。優しそうなサラリーマンのようだった。私の向かいに座り、早口で話を進めた。

「マリナちゃん、だよね。メールではありがとう。あれ、今日学校？　違うよね。夏休み？　受験生だっけ」

矢継ぎ早に聞かれたのは私について、だった。ほとんどがすでにメールで話したことで、私は従順に頷くばかりだった。

いつまでも続きそうな問いかけに嫌な予感を覚えて、遮るように言った。

「父のことは」

眼鏡の奥で、相手の目が、一瞬三角になった。本当に形をかえたわけではないけれど、そういう風に感じられた。

角が立った、みたいな。

早口のディレクターは、切り返しもはやかった。

「諸星芳介（ほうすけ）さんね。改めて今回のことは、本当にお悔やみ申し上げます」

なめらかな大人の語り口だった。お悔やみを申し上げられ続けるこの半年間だったけれど、こうも流暢なそれははじめてだと思った。

そのまますり替えるように、話題が転換される。

「お母さんもその前に病気で亡くされたんだよね。今はどうしているの？　学校は公立？　高校生、これから大学もあるのに大変だよね。すごくスタイルいいけどなにか運動とかしてるの？　バレエとか。あ、踊る方ね」

「あの、父は」

私は拳の力を強めて、震える声で言った。流されないように、もっていかれないように、本題を。

「父のことはとりあげてもらえるんでしょうか」

そこではじめて沈黙があった。ディレクターは手の中にもった電子煙草の先でテーブルを叩いた。かつかつと音が鳴った。

「うちの局でも会議にかけてみたんだけどね、うん」

それから、嘘のように言葉が遅くなった。緩慢に、子供に噛んで含めるような喋り方に。そのくせ、肝心なことはなにひとつ教えてはくれない大人の口調で。

「番組としてね、どういった形でまとめるのか。その辺りにちょっとした対立があってさ」

私はただ、眉を寄せた。覚悟を決めてきたつもりだったのに、その覚悟が、まったくの見当違いであったかのような、不安。それが吐き気のように襲ってきた。

もう、一ヶ月は前だろうか。とある雑誌記者を通して、長いメールをくれたのは彼の方だった。

——本当のことが知りたくありませんか？

パソコンに送られてきたそのメールは、踊るように情熱的だった。すべてを失ってただ呆然としていた自分の魂に、火をつけた。

——お父さんが、どうして死ななければならなかったのか。

ずっと灰色に曇っていた視界に、終わりを迎えるかもしれない深い夜と、もしかしたら訪れるかもしれない朝の到来を予感させてくれた。

その言葉を信じて、私は立ち上がり、味のしない食事を飲み下して、ここまでくることが出来た。それなのに。

私はまた、目の前が灰色になっていくのを感じた。まだなにも確かなことは口にされていないのに、未来がわかってしまうかのように、私にはこの先の絶望が見えるのだ。

向かいに座る人はこちらではなく隣を見た。カフェの硝子張りの窓からは、この湾岸地区を眺めることが出来る。

「たった一年だ」

感嘆したように彼はそう言った。

一年。一年前、私は孤独を知らない中学生だった。

たったの一年だと彼は言ったけれど、私にはもうずいぶん長い時間が経ってしまったように思える。

一年前に、あの震災が起こった。

去年の夏――この国を襲った首都直下型地震。

死亡者こそでなかったものの、湾岸地区は大規模な液状化を起こし、都内だけでもあまたの建物被害をだした。

この都市の、いや、この国の内臓は、多分きっとあの時、ぐちゃぐちゃに潰れてしまったのだろう。

そして延命のために、大きく舵を切った。

「まったく、目覚ましく迅速な復興だと思うよ」

硝子張りのカフェからは、今まさにつくりかえられようとしている湾岸地区が見える。

湾岸カジノ、というのは通称だった。

震災によって壊れかけたこの海辺が、経済特区として蘇ろうとしている。大規模な公営カジノを孵化させて。

そして、そのために……。

「……君の、お父さんのような人が、頑張ってくれたからだね」

私はその言葉に、顔を上げられなかった。どんな表情をしていいかわからなかったから、じゃない。顎が重たくなり、眼球がこぼれそうになったからだ。涙はもう涸れていた。虚無だった。

「父は……」

こぼした言葉は、吐息のようだった。

「父は、昔、言っていました。『人に誇れる仕事をしなさい』って」

母親をはやくに亡くし、私は父に育てられてきた。父は優しく、厳しい仕事一筋の人間だった。

建築会社からの出向で、湾岸地区の開発現場で働き、しばらく働きづめで、私を親戚の家に預けたまま帰ってくることもなく。

久しぶりに会った父は、病院の真っ白い部屋で、冷たくなっていた。

「本当のことが知りたくないか、って言いましたよね」

気づけば私は、責めるようになじるようにすがるように声を上げていた。

「誰も教えてくれなかったから、それが当然なんだと思ってました。でも、知りたいんです。父はどうして死ななければいけなかったんですか」

観覧車にのったことを、覚えている。まだこの湾岸が家族連れにも人気のスポットだった頃。母と父、私の三人で。

あの建物も、あの建物も、お父さんがつくったのよと母は教えてくれた。

その時、父は笑うばかりで、これといった返事もしなかったけれど。

「私の知っている父は、自殺なんてする人じゃなかった。ううん、本当は父のことなんてなにも知らなかっただけかもしれない。だからこそ知りたいです。どこでどんな風に死んだんですか。どうして？　……ニュースを見ました。父が死んでから一週間も経ったあとに。経済特区の工事現場で責任者が自殺。私は」

血がかけめぐっていく。耳の奥でごうごうと嵐のような音が鳴っている。心臓が暴れている。なのに、指先は冷たい。

「私は、父がこのカジノ特区の、どこで死んだのかも知らない」

誰も教えてくれなかった。誰に聞いたらいいのかもわからなかった。私は子供だったから。そしてとても、傷ついていたから。

でも、知りたいと思ったのだ。

父の死に理由が欲しかった。なにに追い詰められ、どうして死んでしまったのか。そうでなければ。

——私は、あの人に捨てられたのだということを、うけとめきれない。

「そう、君の話を聞いた時に、確かにこれは世に問うべきファクトだと思った。数字になるんじゃないか、ってね」

浅生さんは目をあわせずに早口で言った。

数字、という言葉が私の心に傷をつけた。その傷を自認する間もなく。

でも、機運というか、風向きというかさ、そういうのが悪くなってしまってね、と彼は話した。

一緒だと思った。それは、なにも説明していないに等しいと。お父さんは残念だったね。そんな言葉は聞き飽きた！

「会議でそう決まった、理由を教えて下さい」

どうして、と私は繰り返した。

どうして私は本当のことを教えてもらえないんですか。問うことも許されないんですか。

うーん、とディレクターはわざとらしく考えるポーズをとってみせた。それから、言葉を選び、表現に気を配り、うなるように言った。

「今この時期に、反カジの番組はまずい」

「私はカジノ反対派じゃありません！」

振り切るように叫んでいた。あの人達は。今日も駅前でがなり立てていたあの人達は、お父さんが死んだ時、私の住んでいた家にも、葬儀にもやってきた。彼ら彼女らは父のためにたくさんの涙を流しながら、その実は父のことをなにも知らずに言うのだ。

あなたにもカジノ反対の旗を振って欲しい。

（なにも知らないくせに）

カジノの建設がなければ、父は死ぬことはなかったのかもしれない。たとえそれがまごうことなき真実だったとしても。

――そのために死んだ、そのものに。私にも石を投げろというのか。

本当にそうすべきなら、そうすべきだと誰か、教えて欲しい。そのために私はこうして、私という情報が、どんな風に扱われても構わないと覚悟を決めて、ここまでやってきたのに。

なにか、があったのだろう。私には話せないなにかが。話せないのはどうしてだろう。子供だから。言ってもわからないから。言っても仕方ないから。

「私がなにも教えてもらえないのは、知ることが出来ないのは、私が子供だからですか。私が大人だったら、結果は変わっていましたか」

「……そうだね」

少し呆れたように彼は笑った。そうして訳知り顔に、嘯いた。

「少なくとも、諦めはついたかもしれないね」

じゃあ、大人になんてならなくていい。

叫びはもう、声にならなかった。

「……わかりました」

気がつくと、立ち上がっていた。ディレクターは私を止めることはしなかった。寝た子

を起こしたことを謝ることも。肩から力を抜くように、背もたれに身体を預けながら、

「これからどうするの？」

と気安い調子で聞いてきた。私は怒りと悔しさで頭をぐちゃぐちゃにしながら、

「他の局に相談してみます」

と思ったままをこたえていた。

少なくとも、話を聞いてくれる人はいたのだ。テレビが駄目なら、雑誌でもいい。

「無駄だと思うよ。少なくとも今は」

ディレクターは酷く優しい声で言った。せめてもの慰めを。

「今こうして風向きは変わった。一度変わった風向きは、もしかしたら時間さえ経てば違う方向へいくかもしれない。君のような……子供には、自分で風向きを変えることは、不可能だよ」

私は唇をきつく噛む。その言葉を心に刻みつける。

「ひとつだけ。ひとつだけ、僕が知っていることを教えてあげる。誰の口から聞いたかは、言わないでおいて欲しいんだけどね」

私はその言葉に顔を上げた。屈辱だった。大人はいつだってそうやって、子供よりも優位に立つのだと思った。

でも、聞かないわけには、いかなかった。

「君のお父さんが亡くなったのは、生徳会グループの病院建設現場だ。特に依存症対策に

力を入れるために、カジノ始動に先がけ莫大な予算が国からもおりている。あのグループには、ほとんどの局がスポンサーでお世話になったことがあるはずだよ」

「……だから、なんですか」

ぐるぐるとしていた。ぐちゃぐちゃだった。だから、大人から大人の言葉で喋られて、意味をたどることは私には難しかった。

子供だった。私は、あまりにも。

ディレクターは押しの強い笑みを貼り付けて、最後にこう締めた。

「君も多分、その病院からすでに、多額の見舞金や補償金をうけとっているはずだ、っていう話。どうか——君は君の人生を歩んで欲しい」

終わりだった。おしまい、を感じた。

暗転するみたいに、私の目の前は、暗闇に包まれた。それから相手になんと言ったのか、それともなにも言わなかったのか。ただ、私は一刻もはやくそのディレクターから離れたかった。

建物をでて、夏の日差しに焼かれながら、私は自分に浴びせられた大人の言葉について考えていた。

駅前のデモの声が、こんな所まで聞こえている。そこにはたくさんの大人がいるだろう。私が泣きながらかけ込んで行ったら、私のために動いてくれる人はいるかもしれない。

でも、そうじゃないと思った。

そうじゃない。

もう翻弄されたくはないと思った。

私は。子供だから。違う。君のような子供だから。

価値がなく、無力だから。

駅について足を止めた。磨かれたガラスにうつる自分が、泣いているのがわかった。数字にならない、金にならない涙。乞食の涙だと思った。絶望というには深く、悲しみというには苛烈な心だった。

そして私は、涙する私、その姿が映るガラスの向こうに貼られた、一枚のポスターと出会った。

十五の夏。

灰色の世界で。

その一枚だけが、目に飛び込んできた。

運命だったのかもしれないと、ずいぶんあとになって、私は思った。

少女サーカス　団員募集中

それが、私とサーカス団の、出会いだった。

空調の効きすぎた会議室は、目の痛くなりそうな白さだった。長机も、椅子も、ホワイトボードも真っ白で、ただよう空気も喉に鋭利な白さをはらんでいた。

「わたしもカーディガンをもってきたらよかった」

緊張を誤魔化すように、小さく身震いをしながら私の隣で彩湖が囁いた。日焼けをおそれすぎない彼女の健康的なうなじが、かすかに粟立っているのを見ながら、「うん」と私は曖昧に笑った。

私だけが、半袖のブラウスに薄手のカーディガンを着ていた。七分丈のカーディガンは、寒さをしのぐためではなかった。いつもよりも大仰なテーピングを誤魔化すためで、冷えすぎる空調は、私の身体にはちょうどよかった。

昨日の全体練習で痛めた肘が、まだ熱をもっていたからだ。

午後の練習にも影響があるかもしれないと、私は憂鬱な気持ちでトレーナーへの説明の文句を考えていた。

会議の時間が近づき、数人しかいなかった会議室にどっと人が入ってくる。難しい顔をした大人達だった。

私達は促されるまま、人が入ってくるたびに椅子から立ち上がり、黙って頭を下げた。いちいち立つんだったら、立ったままの方が楽だとさえ思った。

『知多彩湖、青山マリナ、貴方達、明日の午前中は有識者会議に同行しなさい』

昨日の練習の終わりに、総合マネージャーがやってきて私達へそう告げた。彩湖と、私。青山とは私の今の苗字だった。諸星を捨て、新しいパーツのようにすげ替えた、後見人である親戚のそれ。

マネージャーは『座っているだけでいいから』とぞんざいな説明をした。

『やった。サボれる』

と彩湖はいたずらっぽく喜んだ。私も別の意味でほっとしていた。痛む肘のことを、結局練習終わりにもマネージャーに言いだせなかったから。

ここ数ヶ月、私達は停滞している。

震災後、湾岸地域の復興のために建設された公営カジノの、開園までのカウントダウンは迫っている。その旗印として結成されるという少女だけのサーカスのオーディションには、総数は忘れてしまったけれど多くの応募があったのだという。

私達はかなりの倍率であったオーディションを通過し、もう半年以上、演目練習に明け暮れていた。性別も国籍も様々なトレーナーの指導は厳しく、最初は三十人近くいた通過者も、今では二十人ほどしか残っていない。その中で私と彩湖は、名目だけだがリーダーとして他のメンバーをまとめている。

彩湖は私よりも年上だった。応募者すべての年齢は知らないが、合格者の中では最年長だった。オーディションの終盤、寒い化粧室で、彼女の方から声をかけてくれた。『血色が悪く見える』と自分のポーチからチークをだして、私の化粧を直してくれた。人生を賭けていたその時の私はさぞ、悲愴な顔をしていたことだろう。だって、化粧の仕方なんて誰も教えてはくれなかったから。何人が合格になるかもわからないオーディションで、他人への気遣いが出来る彼女のことを私は素直に尊敬した。

その時、私達は友人となったのだと思う。たったひとりでオーディションを受けた私が、合格を喜びあった唯一の相手だ。

彩湖の両親は舞台美術を手がける芸術家で、幼少時から演劇の道を志していたのだという。得意演目はパントマイムとナイフ投げ。特に、パントマイム表現は他を寄せ付けない。

一方私はトランポリンとブランコ乗りを主な演目として練習を続けていた。アルバイトをやりながら。入ったばかりの高校も、結局辞めてしまった。制服だけは、捨てないでとってある。今日のような日に、ふさわしい服を私はもっていなかった。

青山の名前をくれた親族とも、もう連絡はとっていなかった。

父の遺産であるすべての金銭を親族に渡すかわりに私は新しい苗字と自由を得た。そしてこのサーカスのオーディションに賭けた時に、そう多くはなかった自分のこれまでの持ちものをすべて放棄した。人生においての、逃げ道をなくした。

オーディション合格の通知にようやくスタートラインに立った気持ちになったが、当初に提示されたスケジュールは遅延を続け、今は見る影もない。訓練期間はもう一年に手が届こうとしている。しかしその停滞が与えてくれたものもある。

空中ブランコはこの春からはじめたばかりだった。

ブランコに乗りたいという私の希望を、当初マネージャーは歓迎はしなかった。練習場所を確保し、演目として獲得したとしても、それが出来る舞台装置が確約できない、というのが彼女の言い分だった。

少女サーカス団はまだ、処女公演の見通しさえたっていなかった。

それでも私はブランコ乗りという演目に固執した。何故ならば、それは、文句なしの華だからだ。一番価値が高いものだからだ。

命綱なしで空を飛ぶ。

羽をもたない人間の身体で。

怪我も命も惜しくはないと思った。誤解を恐れずに、自分の夢想家なところを認めて言うのならば、危険であればあるほどいいと思った。

いつ死んだって、いい。

(こんなのは、子供だ)

まだ熱のある腕をさすりながら私は思う。あの夏の日から一年以上が経ち、サーカスのオーディション合格者という名誉を得ても、私が覚えたことなんて血色の悪さを隠すチークの塗り方ぐらいで、ずっと子供のままなのだろう。三つ編みをやめても、髪を切る踏ん切りさえつかない。きっと、こんな自暴自棄にも意味はない。痛みに耐えることも、死の間際で生を実感するようなことも。

馬鹿な熱病みたいなものだ。

それでも、他にすがるものをもたないから。

白い部屋で、会議はのろのろと進んでいった。『湾岸カジノ有識者会議』と机の上に置かれた席次表には書いてある。はじまってみれば中身は確かに私達の与り知らないお金の話ばかりだった。沿岸部の液状化がまだ手つかずだとか、メインホテルのデザインが変わったとか、リニアの開通が遅れているだとか、それからほんの添えものみたいにして、毎週カジノ反対派デモが行われているため、今後のセレモニーでは警備を強化しなければならない、というようなことだとか。

そして唐突に、なにかを誤魔化すかのように、話題がかわった。

「では次の議題として、少女サーカスのプレ公演について。株式会社ステージウィズの水元さんにお願いいたします」

名前を呼ばれたのは私達の総合マネージャーだった。彼女は立ち上がり、臆することのないいつもの調子で、サーカス団員は順調に演目を磨いていること、来月オープンとなる駅前ファッションビルの広場でプレ公演を行いたいということを話した。

私は目立たないように彩湖と目をあわせ、(まったく、初耳ね)という驚きを共有した。

それから幾つか、予算の話を経て。

「今日はサーカス団員のリーダーとして、知多彩湖と青山マリナを同席させています。どうぞよろしくお願いいたします」

　その言葉に、彩湖がまるで打ちあわせでもされていたかのように立ち上がったので、私も慌てて続いた。

　彩湖は考えるよりも先に、空気にあわせて身体を動かせるという特技があって、そういう感性をもたない私はいつも愚図のようにその背中を追いかけていく。

「よろしくお願いします」

　そう言って頭を下げる私達に、マネージャーは彩湖の得意演目をパントマイム、そして私の得意演目をトランポリンだと紹介した。

　ブランコ乗りだと言いたかった。でももちろん、十六歳の私にはそんな権利はどこにもない。と、顔を上げたその時だった。

「なんだ、素人じゃないか！」

　真っ白い会議室で、そう叫んだ人がいた。そこまでただの一度も存在感というものを見せなかった人だった。

　会議室の参加者全員の視線がそちらに向かった。進行を行っていた人間の隣に座っていた、不自然なほどラフな格好をした男性だ。

　他の大人は全員暑苦しいスーツだったのに、その人は身軽なポロシャツで、机の上のペットボトルのお茶には手をつけず、外で買ってきたのであろうコーヒーの紙カップを握っていた。

「鷲塚先生」と誰かが小声で呼ぶのが耳に届いた。媚びた響きだった。

四角い眼鏡のフレームは鈍く光っていたけれど、その奥の瞳は丸くて少し愛嬌があった。髪が明るい茶色をしていたことも、ラフさと若々しさを助長していた。体格はよく、人好きのしそうな口元は大きかった。おじさんばかりの参加者の中で、その人も確かにおじさんではあったけれど、はりのある声だった。

学生みたいに肘をついて、自分の言葉に返る声を待たずに、勢いをつけて喋った。

「君達あれだけデザイナーからプランナー、果ては医療従事者までプロフェッショナルプロフェッショナルと馬鹿のひとつ覚えのように呪文を唱えていたのをもう忘れてしまったわけかい？　とかく称号（タイトル）ばかりを欲しがっておいて、マスコットガールだけは無名の素人なんてずいぶん趣味が幼稚過ぎなんじゃないか。これだから日本人は幼女趣味なんだと笑われるのがオチだぞ。今からでも遅くはないだろう。あのアメリカの巨大サーカスの二軍でも金で借りてきたらどうだい？　大丈夫だよその中に日本のトップアーティストをひとり入れればこの国のオーディエンスのちっぽけな自尊心は十二分に保たれる！」

よく通る声で、あけすけなその喋りに、周囲は困惑した様子だった。明らかに彼よりも年上に見える男性達が雁首を並べて、誰がどういう声をかけるのか互いに窺いあっている。その中で、彩湖がぼそりと呟いた。

「……馬鹿にしてる」

その時ようやく、そうか、自分は馬鹿にされているのだと思った。私はあまりに、そういった言葉に鈍かった。饒舌な彼が誰かを馬鹿にしていることはわかったけれど、馬鹿にされているのが自分であるとまでは気がつかなかった。彩湖はやっぱり聡明だった。

私が自分の鈍くささを恥じている間に、マネージャーが緊張した面持ちで「彼女達をプロフェッショナルにするのが私達の役目です」と言った。

ハハハッと快活に男は笑った。

彼の言葉は止まらなかった。

「だからそれが幼女趣味だって言ってるのがわからないかい？　わからないのなら言い方をかえよう。君達のそれはただの処女信仰だ。手ずから自分達が育てたものこそが価値があるって？　確かに君達にはノウハウがあり成功体験があるんだろう。それは認めようとも。しかし今回はもっとインスタントな成果物が求められているということを君達もわかっているだろう。卵料理をつくるのに雛鶏から育てるかい？　今にもフルコースがはじまろうっていう、この時に！」

強い言葉はけれど、私の心に大きな波風を立てることはなかった。

彼はつまり、私達のサーカスが「素人集団」であることがお気に召さないようだった。

そうして馬鹿にされていることに、隣の彩湖は憤りを覚えているようだったが、私の心はどこまでも凪いでいる。

個人としては、彼の言葉に異論はなかった。私も、私達がプロフェッショナルだとは思っていないし、公演がはじまれば国内外を問わず別のサーカス団から多彩なゲストを招くという話はすでにマネージャーから聞かされていた。それらの話を、度々詰まりながらマネージャーは男へ話した。

彩湖のよく磨かれた爪が、ぎり、と音を立てて、目の前に置かれた資料を滑らせた。その時はじめて、資料の表紙に今回の会議の席次表が載っていることに気づいた。私は、本当に、ただただ鈍感だった。

彩湖が五寸釘みたいに爪を食い込ませたのは、今喋っている男の名前だった。そこを見て、私は目を見開き、息を止めた。

【鷲塚片理(ワシヅカヘンリ)】

目に飛び込んできたのはその名前ではない。その下に、小さく、けれどはっきりと書かれた肩書きだ。

【医療グループ『生徳会』代表】

——血が、沸き立つ。

(「君のお父さんが亡くなったのは、生徳会グループの病院建設現場だ。特に依存症対策に力を入れるために、カジノ始動に先がけ莫大な予算が国からもおりている。あのグループには、ほとんどの局がスポンサーでお世話になったことがあるはずだよ」)

人生で最大の侮辱をうけた。

あの夏の日を私は忘れない。

(「君も多分、その病院からすでに、多額の見舞金や補償金をうけとっているはずだ、っていう話」)

どうか、君は。

君の人生を。

肌が粟立ち、身体が震えた。

もう、大人の言い争いなんて耳には入ってこなかった。自分の血が、音を立てて煮えているのがわかる。

呼吸の仕方を忘れる。否、呼吸なんて必要だろうか。下腹部に力を入れろ。つま先までばねにかえろ。

宙を飛ぶ時みたいに。

奥歯を噛み、睨みつける。驚いたようなその男――鷲塚と目があったが、そらすことはしなかった。

腹の奥が冷え切りながらも、宿敵に出会ったような、昂揚した気持ちだった。

(私はこの人に牙を剝くだろう)

「あなた」に恨みはないけれど。誰かの顔に泥を塗らなければ気が済まない。仮想敵を、つくらなければ。

あなたが私達を妨害するならば、私はそれを打ち破らなければならない。

ただ、それだけを思った。

その時大人達がどんな風に会話をして、どんな落としどころを見つけたのかはわからない。ただ、曖昧に結論を先延ばしにして、その日の有識者会議は終了となった。扉が開かれた瞬間、外のぬるい風が会議室に流れ込んできた。

「ごめんなさいね、先に帰っていてくれる？」

慌ただしく、マネージャーは私達を置いてスーツの一団の元に戻って行った。その中には、あの鷲塚という男の姿もあった。私は彩湖と目をあわせ、そそくさと会議室からでる。

私達は居心地の悪い、苦虫を噛みつぶしたような顔をしながら、どんな小声も響きそうな廊下で、うまく言葉を選べず黙って歩いた。しかしそのうち、携帯電話の電源を入れた彩湖が立ち止まる。

「ちょっと待って」

トレーナーから着信が入っていたらしい。窓の近くに立ち、折り返しの電話を入れるのを、私は立ち止まって聞くともなく聞いていた。断片を聞くに、午後の練習についての連絡らしかった。

その間、会議室からまた何人かでてくる人影があった。先頭に、あの鷲塚という男がいて、彼がまっすぐこちらに向かってきた。

「…………」

私は思わず顔を歪め、背を向けるように窓の方に身体をひねった。彼は特別な理由があって私達の方に歩いてきたわけではなく、私達の立ち止まっていたそばの、ゴミ箱にコーヒーのカップを投げ捨てる音がした。

そのまま歩いていってくれることを期待したのに、彼はゴミ箱の前でしばらく足を止めていた。勘違いや、自意識過剰でなければ、チリチリとこちらに視線を感じた。なにか、と確認する暇もなく。

「下手だなぁ」

その言葉とともに、ぐい、とテーピングをした私の腕を掴まれた。カーディガンの上から力が込められもち上げられる。鋭い痛みが走る。

「っ、た……」

「ちょっと！」

私が思わず上げたつぶれ声よりも、鋭く甲高い声を上げたのは彩湖だった。けれど鷲塚はその声に応えることもせず、さっきと同じ早口で、言った。

「へったくそなテーピングだ。だいたいなにをどうすればこんなところを痛められるのか理解に苦しむね。ああ、あとこれ普通の肉離れじゃないぞ。筋挫傷を起こしてる可能性がある。必要なら病院を紹介しようか？」

良心的な言葉だったが、形だけの空虚なものだった。声には『面倒だ』という感情が存分ににじんでいた。

一方で私はといえば、腕の痛みのせいにして、顔を限界まで歪めながら、吐き捨てるように言った。

「病院」

自分の声が震えていた。別に、恐怖でも緊張でもなかった。

「――嫌いなんです」

怒り、に近かった。つばを吐くような気持ちで言った。本音だった。病院は嫌いだ。悲しかったことばかり思い出すから。そして今腕を摑んでいる男も嫌いだった。

体格はよく、太い指で、強い力だった。大人の、男性の。振り払うことは出来なかった。腐って落ちればいいと強く思った。

この痛む腕ごと。へたくそだと言われたテーピングごと。

腐って落ちるさまを、夢想する。けれどそれが果たされることはなく、あっけないほど簡単に、鷲塚という男の手は離れた。

「ああそう。必要じゃない。オーケー」

空のコーヒーカップを投げ捨てるのと変わらない、乱暴な仕草だった。

「まぁ若いんだから適当にしておいても治るのかもしれないね」

投げやりで、どうでもいい、そういった口調だった。「治らないとしても」とそこでふっと、笑った。嫌味な笑み、善人ではない笑みだった。

「辞める言い訳が出来ていいだろう」

そして、返事を待たず、きびすを返して歩いていってしまう。

彩湖がまた声を上げる。去って行く背中に向けて、なんと言ったのかは、よく聞こえなかった。すぐそばだったのに。騒ぎを聞きつけたマネージャーが走り寄ってくる。なにかを言おうと思ったけれど、喉が貼り付いてしまったかのように声はでなかった。

男の名前が、意地の悪い大人の笑みが、いつまでも頭の後ろを回っている。あの男。あの男、どうしてやろう。どうしようも出来ないけれど。

痛んだ腕に、力を込める。

痛みがなんだ。傷がなんだ。

私は空を飛ぶのだと、唐突に、強烈に、それだけを思った。


私の腕とあの男の一件が関係あるのかはわからなかったが、マネージャーの一声により、午後のトレーニングは休みになった。私は病院に行くよう促されたが、彩湖には委細を聞くためか、マネージャーがどこかに連れて行った。

重い足取りで病院に行けば、あっけないほど事務的に診察は終わった。とはいえ数日は安静を言い渡されたけれど、足は自然と練習場へと向かっていた。古びた体育館が私達のいつもの練習場だった。

空調のない体育館は、むっとした熱気に包まれている。いつも練習を行いながら、ぬるま湯の中を泳いでいるような、不思議な気持ちになる。

熱帯の人魚だ。まるで。

空気をかきわけながら中を覗けば、見知った影があった。

「マリナ！」

「マリナ先輩！」

彩湖とそれから、もうひとり、丸いお団子の頭が振り返った。

「杏音？」

と思わず呼びかけると、小柄なお団子が走り寄ってくる。彩湖はトレーニングウェアを着ていたが、杏音は学校から直接きたのか、セーラー服のままだった。

私は彼女のセーラー服を見るたびに、少しだけ胸に刺さるような痛みを感じ、そのたびに、彼女のせいではないのに、と申し訳なく思う。

「怪我は大丈夫ですか？」

「誰から聞いたの？」

私は思わず眉を寄せ、質問に対して質問で返してしまう。

「ごめんね、わたしよ」

即座に小さく手を上げて謝ったのは彩湖だった。私は小さくため息をつく。責めるつもりはなかった。私は口止めをしなかったし、彼女が面白半分に触れ回るような人間だとも思ってはいない。

「大したことはなかった。薬ももらってきたし、すぐに治るでしょう」

「よかった……」

杏音はおおげさに胸を撫でおろす。一応彼女には、「トレーナーには私が伝えるからみんなに黙っておいて」と釘を刺した。彩湖と違って、杏音では他のメンバーに伝わるのは一瞬だろうと思えたから。

それは彼女自身の囀り好きな性質のせいでもあれば、皆に愛され可愛がられているという交遊の広さにも由来する。

杏音は私達、オーディション通過者（いつまでこの名称がふさわしいのかはわからない。ただ、サーカス団という形態がまだはっきりしていない以上、団員という言葉も使えないのだ）の中でも、最年少の十三歳だった。オーディションを受けた時には十二だ。

特徴としては、まず真っ先に挙げられるほど、顔が可愛い。外資系の会社につとめているという両親の影響で、日本語以外にも英語と中国語を話すことが出来る。それは、素晴らしいことだと思う。難をいえば、日本語の発音が怪しいところはあるけれど。

そして……私達が手を焼いている理由でもあり、同時に彼女が皆から可愛がられる最大の理由だと思うのだけれど、このオーディションの通過者の中で、飛び抜けて、そう、飛び抜けて、運動能力が低いのがこの杏音だった。

フラフープひとつ満足に回せない、倒立ひとつ出来ない少女は、最初のうちこそ親のコネクションだろう、顔で選ばれただけだろうと言われたけれども、今ではその愛らしさが皆の心を慰めている。特に姉御肌なところのある彩湖は、杏音に強く出られない。

私達はいつものように板張りの床に座り、話をする。

どんなカフェより、誰の部屋よりも、冷たくかたい床が安心出来た。

「わからないですが、その人は、ドクターですか？」

アイスティーのペットボトルを両手で持ちながら、鈴のような声で、独特な抑揚で杏音が聞くと、彩湖がよどみなくこたえる。

「一応医師免許はもってるって話だけど、医療行為にはあたっていないっていうから、本当のところはどうだかわかんないわよね。湾岸地区の一番目立つところにある、あの病院。あそこの経営者だって話だけど」

私は黙って彩湖の話を聞きながら、ぼんやりと何度も、自分の腕を摑んだあの男のかろやかで傲慢な声を思い返す。治療をした腕をさすりながら。暗い憎悪を、痛みといっしょに記憶に刻みつけるために。

「……わたし達、どうなるでしょうか」

膝を抱えた杏音は不安そうに眉を寄せて、ぽつりと呟いた。「大丈夫よ」と元気づけるように彩湖が笑う。

「あんな失礼な奴の言うことなんて気にすることない。わたし達はわたし達のやるべきことをやるだけ。それにね、……プレ公演の予定が決まったみたい」

「本当ですか!?」

跳ねるような杏音の甲高い声。対して私は咎める声色で名前を呼んだ。

「彩湖」

それは、あの会議で聞いた情報だった。吹聴していいものなのかわからなかったから、思わず制止するように名前を呼んだ。彩湖が片目をつむる。

「大丈夫、明日にはみんなにも話すって言ってたから」

絶対に黙っています！　と杏音はキラキラと目を輝かせている。「いよいよだ」と彩湖が感慨を込めて言い、うん、と私も頷いた。

プレ公演。お披露目。

それをもって、いや、それをのり越え、本公演の幕が上がってはじめて、私達は本当にサーカス団になる気がした。今はまだ、それが途方もない先のことのように思えても。

「演目は決まったんですか？」

逸った杏音が前のめりに聞いてくる。彩湖は小さく首を傾げた。

「そういうのはこれからじゃないかな」

「杏音は彩湖先輩のパントマイムがいいです！」

「わたしがマイムをやったら、杏音はなにをやるの」

彩湖が呆れたように笑った。確かに、今の杏音ではパントマイムの演目くらいしかでられないだろう。

「ええと……ナイフの、まと、……」

私達はその言葉に笑う。

「杏音を刺してしまわないように気をつけなくちゃ」

茶化して言ったけれど、着飾った杏音がナイフの的になったなら、それはどこか背徳的な美しさだろう。

「マリナ先輩は？」

身をのりだして杏音が聞いてくる。

「私は……」

多分、トランポリンなんだろうと思った。最低限必要な天井の高さと、安全ネットをはる設備を考えても、空中ブランコは大がかりすぎる。プレ公演ならなおさら、トランポリンひとつで済ませられた方がいいだろう。ブランコ乗りの腕はまだ、未熟でもあるし、こんな怪我ばかりをしていたら、満足な演技も出来ないだろうし。

でも、私は。

「……出来たらいいね」

腕をさすり、考え込んでしまった私に、彩湖が静かな声で言った。顔を上げると、彩湖は目を細めて言った。

「ブランコ」

彩湖は多くを聞かなかった。このメンバーの中で、一番仲がいい彼女だけれど。たとえば私がどうしてサーカス団に応募したのかとか、何故ブランコに乗りたいのかとか、そういうことに興味を示したことがなく。

肉体が。演目が、すべて。

その関係が、心地よくもあった。余計なことを考えなくていい、余計な気を遣わなくていい。

私の後ろ暗い背徳感と、欲望を隠してくれる。

夏のはじまり、その夕陽が差し込んでくる。熱のこもった体育館の中で、私達はまだ、熱帯の人魚にもなれないでいた。


翌日マネージャーが、淡々と、事務的に、サーカスのプレ公演が決まったことを告げた。今回はあくまでプレ公演だが、メディアも数多く入り、事実上のお披露目となるであろうと。私達はこれから起こるであろうことの華やかさに歓喜し、実際そこを境に日々が目まぐるしく色を変えた。

まずとある演劇プロデューサーが私達の練習場に度々顔をだすようになり、彼の連れてきた音楽家、デザイナーなどと連日のようにミーティングを重ねた。とにかく「時間の猶予がない」というのが彼らの口癖で、ならば何故もっとはやくから準備をはじめなかったのかと不思議でたまらない。

宿題に追い立てられる夏休みの終わりのように、プレ公演に向けて準備は進んでいった。

私達はといえば、プレ公演を迎えるにあたり、それぞれの演目が美しくつながるように、公演に起伏がつくようにとそういったことを重点的に積み重ねた。プレ公演は一時間にも満たない短いものになる。だから苦手な技を無理に見せることはなく、得意なものから。とにかく失敗をしないことが大切だ、失敗をしてもそれを失敗と思わせないことが大切だと指導された。

私は何度も、あの若々しく傲慢な男が、「素人じゃないか」と言った、その言葉の響きを思い出している。プロフェッショナルとはなにか。一流とはなにか。それは、努力の果てに手に入れられるものなのか。

眠れない夜、天井を見つめながら不安になることがある。このままどれだけ演目の腕を磨いても、何者にもなれないのではないかと。

あの夏の日、子供だから諦めが悪いのだと言われたあの日のまま。

そう思うと、なにもかもがあまりに恐ろしく、ベッドの中で嗚咽を飲み込んだ。だからといって、この先にやり直せるような気もしなければ、ここまできた生き方をかえることなんて出来るわけもなく。

(飛ぶしかない)

私は飛ぶしかないのだと、思い続けた。

一時でもいい、不安を忘れるためにも、私は練習に没頭した。身体をいためつけて、疲労を極限に、気を失うようにするしか、眠る方法をもたなかった。

「ごめん、遅くなった」

体育館の扉をあけた彩湖がそう言いながら入ってきたので、私と、私の練習につきあってくれていた杏音がそちらを向いた。

遅いと彼女が自白した通り、外はもうすっかり暗くなっていた。

私はプレ公演まで、トランポリンの練習を重点的に組まれていた。けれどブランコ乗りの感覚も忘れたくなかったから、毎日居残りで自主練をしていた。自主練習を咎められることはなかったが、トレーナーでも他のメンバーでも構わないから、誰かをつけるようきつく言われた。

トランポリンもそうだが、ブランコ乗りは危険がともなう。事故があった時に、ひとりであることはあまりに危険だと判断されたのだろう。

いつも最初から最後まで練習につきあってくれるのは彩湖だった。しかし今日はマネージャーから呼ばれていたため、杏音が残り、私の演技の録画を手伝ってくれた。

「この時間まで、杏音は大丈夫なの？　今夜は駅前にデモ隊がでてるらしいから、はやめに帰らないと危ないでしょう」

カジノ特区の開幕を控え、反対派のデモは日に日に過激さを増していた。体育館の警備員も物々しくなるばかりだ。

「大丈夫です。パパが仕事終わりに迎えにきてくれるって。先輩達も一緒にどうぞ」

結局杏音の家族の厚意に甘える形になってしまうのに、複雑な表情を浮かべこそすれ、否とは彩湖も言わなかった。

「遅かったね」

私が言えば、彩湖は肩をすくめて、「ごめんね」と杏音の方に詫びた。「平気です。パパとママも、プレ公演、楽しみにしていますから」と杏音は小さなこぶしをかためてこたえた。

つきあわせているのは私の方で、謝るべきなのも私の方だった。今のところ、杏音の出番はまだ決まっていない。それでも嫌な顔ひとつせず、遅くまで残ってくれていた。

「なにか問題があった？」

「問題ってほどのことじゃないんだけど……」

彩湖は身体をほぐしながらため息まじりに、私を見て言った。

「マリナは、その名前で売っていく、気がある？」

唐突な問いかけだった。私は意味がわからず、かたまってしまう。一瞬、脳裏をかすめたのは、諸星という自分が捨ててきた苗字のことだった。

「ああ、ごめん。説明が足りなくて……」

それから彩湖は慎重に言葉を選びながら言った。

「マネージャーに言われたんだ。プレ公演は海外のマスコミも集中するけど、その中であなたの名前は異色と思われるかもって」

そこまで言われても、私はぴんとこなかった。先に合点をしたのは帰国子女の杏音の方で。日本語よりも流暢な発音で言った。

「psycho（サイコ）ってことですか？」

「まあ、そういうこと」

苦笑する彩湖の言葉の意味がわからず、瞬きをしていると、杏音が耳打ちをしてきた。

「psycho は……英語であまりいい意味じゃなくて……頭のおかしい人、みたいな……」

言われて私もようやくぼんやりと話を摑んだ。サイコパス、ということなんだろう。英語はもちろん学問全般が不得意ではあったが、それでも、その意味が否定的なニュアンスを含んでいることは知れた。

「芸名を決めるなら今だって言われたのよね。でもなんだか気恥ずかしいのよ、と整った眉根を寄せながら彩湖が言う。

「このまま、自分のままで人前にでるものだと思ってた。わたしの両親は確かに芸能という世界で生きてる。けれどその本質はクリエイターであり職人だと思ってるから、わたしだけ、改めて名前をどうするかって言われて戸惑っているのかも。別に、両親のことがあっても、この名前でなければならないというこだわりもない。でも、じゃあどんな名前で人前に立つのかって言われたら、そんなこと考えたこともなかったから」

そんな風に、居心地が悪そうに身体を震わせながら彩湖は言った。

私はその戸惑いを耳で流すように聞きながら、考える。

この身の芸ひとつ、が、すべて。

口にはださずに、私は名前にこだわりはない、と思った。かえられるのならば、いっそ都合がいいとさえ。いや。

すでに、一度、名前は捨てているのだから。

「どうしようかな……。別に、読み方をかえて彩湖(あやこ)って名乗ったって、それまでなんだけど……。そもそも、名前なんて……。必要かしらね。わたし達の姿や——もっと言えば、演目だけ覚えて帰っていってくれたらいいと思う」

このサーカス団のパントマイムが素晴らしかった、そう言われたら、それがすなわち自分のことならどんなにいいだろう、と彩湖は言った。

確かにそれは、ひとつの理想だった。宙を舞う自分が、その事象だけになる、ということを夢想する。

そこには、私の、不安も恨みもなにひとつない。

ただ、ひとりの、ブランコ乗りがいるだけ。

そうであったらどんなにいいだろう。そうであることを、自分からは望めないけれど。己の悲願を果たしたい。一方で、この願いから解放されたいとも思うのだ。出来ないことと、わかっているのに。

そんな風に考え込み、言葉をつなげずに黙っていた時だった。

「じゃあ……」

ぽつりと言葉をこぼしたのは、意外なことに、杏音だった。顔を上げると、杏音はその愛らしいかんばせに、透明な目で言った。

「演目に名前をつける、というのは？」

私は一瞬その意味がとれず、それは彩湖も同じだったようで。

「どういう意味？」

と聞いた。ええと、と杏音が、自分の口元をおさえ、懸命に言葉を組み立てているのがわかった。

はたから見てわかるほど、苦心しながら言う。

「ずっと考えてたんです。演目ひとつひとつに、名前がついていて……その演目にでる人が、その名前を名乗るんです」

人の前に立つ、その人の、名前ではなく。

演目にこそ名がつくのだと、杏音は言った。

「たとえば、わたしの好きな本の作者から。ナイフ投げを行う、あの生死すれすれの緊張感は、まるでアガサ・クリスティのミステリーを読んでいるみたいです。トランポリンのあの上下運動は、ルイス・キャロルがアリスを穴に落とすみたいです。それから、彩湖先輩のあのパントマイムは、本当に、カレル・チャペックが書いた、ロボットみたいって思いました」

流れるように挙げられるその名は、聞いたことがあるものもなければ、すぐには書名に結びつかないものもあった。学がないということを、恥ずかしいと思った。そんなことで、杏音は自分達を笑いもしなければ軽蔑もしないとわかっていたけれど。

「ロマンティックね」

と、少し呆れたように彩湖は言った。杏音は赤くなり、「ごめんなさい、忘れて下さい」と蚊の鳴くような声で言う。

「謝る必要なんかないわ。そう……でも、そうね、いいかもしれない」

ゆっくりと、杏音の言葉を咀嚼しながら、彩湖は言う。

「そうしたら、前にでるのはわたし達の名前よりももっと、演目そのものになるでしょうね。演目についた名前だと思ったら、名乗るのに気恥ずかしさもない――」

わたしの方から、マネージャーに提案してみましょうかと彩湖が言う。「もちろん、杏音の発案としてね」と片目をつむってみせれば、ぽっと杏音が頰を赤くした。

ナイフ投げのクリスティ。

トランポリンのルイス・キャロル。

パントマイムのチャペック。

フラフープのヘルマン・ヘッセに、ジャグリングのエンデ――杏音の言葉は止まらなかった。

今はまだいないけれど、猛獣使いがきたら、カフカがいいと。

私は彼女の話を聞きながら、その名を思い浮かべるだけで、幻想が演目を包むようだと感じていた。海外の客人にも、その名は書かれた物語の印象とともに深く刻まれることだろう。そこまで杏音が考えているかはわからなかったが、もしかしたら彼女にはプロデューサーとしての天賦の才能があるのかもしれないと思った。

「――でも」

まだ深く考え込みながら、彩湖が尋ねる。

「それは『個人』をさす名前ではないということよね？　別の人間がその演目をうけもつことがあるかもしれない。その時は？　その人にあわせて、別の名前をつけるの？」

「いいえ、名は、かわらないです」

　毅然とした横顔で、杏音が言う。

「多くの人が、その演目をしたいと言うと思います。その名前を名乗りたいって。わたしだって……。でも、一番その演目にふさわしい人が、一番前にでるのだと思います。だから、その名は、その人のものだと思います。彩湖先輩が、このサーカスにいる限り、このサーカスでパントマイムをする限り、先輩以上のチャペックはいないのだから、先輩が、チャペックです」

　まっすぐな言葉だった。彩湖が思わず、面はゆさに眉を寄せるほど。

　杏音の言葉はつたなく、説得力が充分とは言えなかった。けれどその気持ちは……確かに私達に届くに足るものだった。

　淡い苦笑を浮かべたままで、彩湖は小刻みに数回、頷いてみせた。それがこたえだった。

　それから、意見を求めるように私を見た。

（私は）

　私は、スポットライトを浴びられるならなんでもいいと思った。一番明るい光で、一番大きな喝采を得られるのならばそれでいい。

　一番、価値のあるものになった時に。

私は、私の言葉を重んじてくれるすべての大人に対して、「諸星マリナ」だったと言ってみせる。

けれど口をついてでた言葉は、別のそれだった。

「――ブランコ乗りは？」

自分の欲望や、ありたい姿もねじまげて。否、もしかしたらそれよりも強く、こうあれたならという願いを体現するように。

「ブランコ乗りは、どんな名前になると思う？」

青い瞳をした美しい文学少女に、そう尋ねたならば。

「ブランコ乗りは、見た時からずっと、決めていました」

はっきりと、杏音はこたえる。生き物に名前をつける、神様のように。

「ブランコに乗って、空を飛ぶ、宇宙飛行士みたいに。夜間飛行みたいに」

つい、と細い杏音の指先が、宙に弧を描く。

そして、うたうように、彼女は言った。

「ブランコ乗りの、サン＝テグジュペリ。マリナ先輩には、ぴったりだと思いませんか？」

自分にぴったりかどうかは、わからなかったけれど。

……いい名前ねと、私は言った。

欲望と不安と、それでも確かに、こうありたいという願いをまじえて。それが、私のこたえだった。

杏音のロマンに溢れたネーミングは、マネージャーにうけいれられ、そのまま演出家の元にまで届き、プレ公演、ひいてはサーカス全体の方向性に加味されるまでになった。その目まぐるしさに杏音は酷くうろたえながらも、喜びをおさえきれないでいるようだった。あるべき形が見えたことで私達の練習にも自然と熱が入った。音楽が決まり、プログラムが決まり、衣装が決まる。公演日に向けて、カレンダーは×印で埋まっていく。無我夢中のままにプレ公演当日を迎える……そう誰もが信じて疑わなかった。

その流れが唐突に断絶されたのは、プレ公演本番まで二週間を切った、週明けのことだった。

週の頭のミーティング、そこに現れたマネージャーの、青ざめ疲れ切った横顔に、私と彩湖は目配せをしあった。

なにかがあった、しかもよくないなにかが。ということは、私達でなくてもわかることだった。挨拶もそこそこに、マネージャーは本題を切りだした。

「プレ公演について」

そこで、浅い深呼吸。意を決したように、言葉をつなぐ。

「これはまだ決定ではないわ。……決定ではないけれど。……プレ公演中止の可能性が浮上していることを、あなた達に伝えなくちゃいけない」

下手くそな翻訳みたいに、回りくどい言い方なのはともかく。あまりといえばあまりに唐突なその言葉に、私達は驚きの声を上げることとさえ出来なかった。

しん、と静まり返った体育館には、外の工事の音だけが響いている。

「理由は？」

鋭く聞き返したのは彩湖だった。その問いかけを発するまでに、彼女は自身の動揺をねじ込んでいた。まさに、舞台向きの女優だと、私は思った。

「――じきに、報道にもでるでしょう。あなた達は今回の件に関して、いかなる取材もうけず、コメントも控えるように」

先に釘をさしてから、マネージャーは続けた。

「カジノ組織委員会、関係各庁、それからうちの会社にも、カジノ反対派から脅迫状が送られています」

その内容が、看過できなくなりつつある、それが理由よとマネージャーは淡々と告げた。

さざ波のような戸惑いが、私達の呼吸を揺らし、視線を彷徨わせた。耳を澄ませば、やはり工事の音だけがしている。これから幕を上げる、カジノをつくる音。その渦中にあって、私達は日々の練習に追われるばかりで見失いがちだが、カジノの開幕は、この国の人々の総意ではない。

私は半ば暗い視界で、奥歯を強く噛んだ。

カジノ反対派。彼らの抗議デモは、オープニングセレモニーを控えてより過激になってきていた。気にしないようつとめているが、私達だって、安全ではない。今は毎日の練習にも、親の送迎が不可能なメンバーは近くのホテルに部屋を用意されている。私も現状、ホテル暮らしをしている人間のひとりだった。

まだありもしないサーカスを憎む人間なんて、そういないだろう。けれど私達は旗印だった。石を投げようとする人間にとっては、格好の的だ。

「そんな脅迫に屈するっていうんですか？　警察は――」

平静を装って、早口で言う彩湖を、「もちろん動いているわ」とマネージャーが一蹴した。

「警察とも協議を重ねているけれど、セレモニーまでにこの案件が解決されるという保証がないわ。一番担保されるべきはあなた達、そしてセレモニー参加者の安全よ。その意味で、開かれた場所で行われるサーカスのプレ公演は格好の標的になる可能性があるし、大規模なデモ行為、もっと言えばテロ行為が行われた時に責任がとれる？」

私達としても、苦渋の選択だとマネージャーは続けた。

「リスクとリターンを考えるのが私達の仕事よ。確かに今回のプレ公演は、こけらおとしとして絶好のチャンスと踏んでいたわ。それでも……未知の脅威への想定と対応には、限界がある。そう……」

最後にマネージャーは、言葉を濁したが、私達は言外に「そこまで潤沢な予算がない」

ということを感じとった。穿った見方ではあるけれど、間違いでは、ないのだろう。

　金と、責任。

　そのどれもが、私達子供には、手に負えないものだ。

　私はその悔しさを、すでに知っている。少なくとも、今はまだなんの価値もないはずの私達に、彼らは――この、「彼ら」がどんな大きさでどんな枠なのかは自分でもわかっていないけれど――途方もない金額を投資しているはずだった。

　私達が、何者かになると信じて。

「もちろん、もう一度日程と会場を練り直して、プレ公演は改めて行うつもりです。また、当日は貴方達には迎賓館で行われる夜のパーティへ出てもらうことになると思います。そこでなにか披露が出来るかもしれない。その段取りについても、数日中に詳細を詰めます。今日は私は会議にまた出かけなければならないので――各自、トレーニングを行うように」

　そしてマネージャーは、くれぐれも、外でのマスコミ対応は一切拒否をするようにと繰り返してミーティングを解散させた。

　まだ各所との調整が終わっていないのだろう。足早に体育館をあとにするマネージャーを追って、私は走りだしていた。

「あの」

　重い扉をあけるところで、呼び止める。マネージャーは、首を軽く曲げて振り向いた。

長い論議をするつもりはないし、多くの質問にこたえるつもりもない。そう、スーツの背中が語っているようだった。

多分、私がここでなにを言っても、大人の決定を覆すことは出来ないのだろう。私以外も皆、誰が、どんな不満を告げたところで。

それは重々承知していたけれど、それでも、どうしても言っておきたいことがあった。そして、聞きたいことが。

「どのような脅迫があっても、カジノのオープンは強行するんですよね？　だとすれば、私達サーカスだけを中止にすることは、やはり脅迫に意味があったということにはなりませんか」

私の言葉は、繰り返しであり蒸し返しだった。それは私も自覚があった。だから、マネージャーが口を開く前に、本題をすべり込ませた。

「会議にでていた方の意見はあったんですか」

「会議？」

聞き返すマネージャーに、私は言葉を重ねる。

「先日の、会議にでていた有識者だという人達は、今回のプレ公演の中止について、なんと言っているんですか？」

そう言われてマネージャーは私と彩湖を連れて行った、あの日の会議と、その言いがかりめいた悶着を思い出したようだ。

「ああ……」

疲労と投げやりな心情を隠さず、ため息まじりに言った。

「あなたに声をかけてきた、生徳会の主任は、未だに一貫してプレ公演には反対よ。プレ公演だけじゃないわね。このサーカス自体が鼻につくみたい。なんとか、セレモニーまでは脅迫状の件を隠しきれないかと思ったんだけど、無理だった。カジノはオープン出来てもプレ公演の中止を頑として譲らなかったのはあの人だって聞いてるわ。ろくに会議にも出てこないくせに、影響力だけはあるんだから、嫌になるわよね」

事務的な口調ではない、愚痴めいた返答だった。だからこそ、誤魔化しではない本当のことだと思った。人づてに聞く、感情的な意見だ。けれど私には充分だった。

あの男の、気持ちはわかった。意志は、まだかわらず。

(「辞める言い訳が出来ていいだろう」)

また、そう、言っているのだろうと思った。

聞きたいことは、聞けたと思った。私はきちんと、ショックをうけた顔を出来ていただろうか。マネージャーに対して、ふさわしい表情を、たもてていたか?

メンバーの元へ戻りながら、心臓が痛いほどに音を立てていた。

(あの男は、やっぱり)

私達を否定している。私達の演目を。私達のサーカスを。

だとしたら、私は。

私は――。

青い顔をこわばらせたまま戻った私に、彩湖が言う。

「怖い顔をしてるわね」

マネージャーとなんの話をしてきたのかとも、どうなってしまうのだろうとも彼女は聞かなかった。

いつかのオーディションで、私の顔色の悪さを追及しなかったように。

現在サーカスの実質的なリーダーである彩湖に対して、なんらかの嘆願は済んでいたのだろう。彼女の傍らでは、杏音が祈るように手を組んで震えていた。大きな青い目にいっぱいの涙をためている。

他のメンバー達は、それぞれに落胆と困惑を隠せないでいた。それでも、待っていればよりよいチャンスが巡ってくるだろうとも思っているようだった。

けれど私はどうしても、そんな風に楽観的にはなれなかった。

まだ、名もない私達には、「やってくれ」という声よりも、「必要ない」という声の方が、圧倒的に大きい。誰からも望まれないサーカスは、踊りひとつ、玉乗りひとつ、許されていない。

「どうしようもない、かな」

ぽつりと彩湖がもらす。その横顔を見て、私は思う。なんて、と。

なんて強い表情だろう。なんて強い目だろう。

諦めの言葉に、なんて不似合いなことだろう。

「マネージャーはああ言っていたけどね。前にこのプレ公演、ここでチャンスを逃したら、次がいつ回ってくるかわからない、わたしにそう言ったのもマネージャーよ。どちらも嘘じゃないいんだろうと思ってる。次がある、というのが願望で、もうあとがない、というのが現実ってだけでね」

そんな風に、投げやりに、吐き捨てるように言ってから。

「わたし達には、どうしようもない。……本当に、そう思う？」

そして、今度ははっきりと、彩湖がこちらに尋ねてきた。

「私は――」

空気が胸に詰まったようになって、吐きだすのに難儀した。呼吸の仕方も忘れてしまったようだ。

拳をかためる。瞼をおろす。目の前が暗くなる。夜を彷彿とさせる。迷子のようだ。けれど、かすれた声で、乾いた唇で、言った。

「私は、諦めたくはない」

誰に求められていなくても。

たとえ危険がともなっても。迷惑をかけても。

「たとえひとりでも」

私は立つ。

私は飛ぶ。

名声のために。

そんな私の思いを、あの男に、一矢を報いるために。

ふっと、暗い、企みのある笑みで、彩湖はどんな風に、うけとったのかはわからないけれど。

「そうよ。そうこなくっちゃね」

と、囁いた。


その日の夕方のことだった。ワイドショーが警察の会見とともに、湾岸カジノのオープニングセレモニーへの脅迫状について報道した。その中で私達サーカス団についても触れられ、驚いたことに体育館の周囲にまでマスコミが押しかけた。もちろん警備員の目をくぐり建物の中まで入ってくることはなかったが、ホテルの場所も知られてしまっているようで、一時的に自宅へと帰らされることになった。

「先輩は、よければうちにきて下さい」

と言ったのは杏音だった。そんな風に世話になるわけにはいかないと私は言ったが、

「わたしもお世話になるつもり」と彩湖が言った。その目配せをうけて、宿泊の世話になる以上の意味があるのだとわかった。

私達は逃げるように順番に体育館から脱出し、杏音の自宅へ招かれた。

「しばらく練習も出来ないかもしれないね」

車内では、彩湖がぽつりとそんなことだけを言った。私はなにも返せず、ただ流れて行く景色だけを見ていた。

杏音の自宅はお手伝いがいるような豪邸で、ホテルよりももっと、異文化めいていた。鍵のかかる広い自室には壁一杯の本棚。私はそこに、無意識に、サン＝テグジュペリの本を探していた。

杏音の名付けを聞いてから、古本屋で『星の王子さま』を買い、『夜間飛行』を買った。プレ公演での私の演目はトランポリンのルイス・キャロルであったから、『不思議の国のアリス』も。タイトルは知っていたけれど、改めて読むのははじめてだった。

私達は小うるさいワイドショーを流しながら、一晩中、女子らしさのない密談に明け暮れる。なにを使うことが出来、誰の助力をうけられ、そしてどこに見つかってはならないのか。そして同時に、どれほどの人に見てもらえるのか。

私達が、私達の手で、私達だけのサーカスを行うために。

夢物語のような話ではあったけれど、私達は本気だった。

「責任はわたしがとるわ」

ぽつりと彩湖がそんなことを言う。

「リーダーだもの」

私はその言葉を否定する。責任は全員にあるし、それによって皆がこのサーカスを追われることになったとしても仕方がないことだと。私もそう思っていたし、そう思っているからこそ――このゲリラ公演だけは、成功させねばならないと思っていた。

彩湖こそ、本来であれば降りてもいいはずだった。彼女にはこの先があるだろう、あのサーカスで、幾らでも。

けれど彼女なしでは出来ないことも事実だった。必要なもの、決めなければならないことは山とある。どのようにして場所と時間を確保し、どのようにして見世物（サーカス）として成立させるのか。「劇団に入ってる友人達に手伝ってもらう」と彩湖は言った。

「他のみんなも、手伝ってくれるでしょうか」

杏音が不安そうにそんなことを言った。

「どこまで声をかけるかは、慎重にしましょう。責任はわたしがもつと言えば、手伝ってくれる子もいるかもしれないけどね」

何人かの名前を挙げ、振り分ける。傲慢な行為だとも思えたけれど、ひとつの覚悟でもあった。ひとの。上に、立つ。選び、選ばれる。自分こそがと思う。その結果として、誰からも認められなかったのなら、それは、そこまでなのだろう。

「杏音の方こそ、いいの？　結果がどうであれ、多分……手放しで褒められることにはならないと思うけど」

協力者はひとりでも多い方がいいだろう。けれど、マネージャーがそう言ったように、あまりにリスクが大きいことも事実だった。

「わたし、は」

杏音は水分の多い瞳をゆらゆらと揺らしながら言う。お姫さまみたいな屋敷に住んだ、妖精のような少女は。

「わたしは、サーカスの舞台に立つ、先輩達の、姿が見たいです」

——なにも、出来ないので。

そんなことはないと私達は言ったけれど、彼女にとっては自分はそうなのだろう。だからこそ、期待を私達に賭けてくれるのだろうと思った。

彩湖はその背に負った責務を賭ける。あるいは、彼女が率いてきた、サーカス団の未来を。そしてその姿を愛した杏音は、私達に自分の見た夢を賭ける。そのロマンを、喝采を信じて。

だとしたら、私は、なにを賭けられるだろうかと、考える。

ただ練習にだけ明け暮れてきた自分の手はぼろぼろで、なにももたない。金も、名誉も、そして夢も。

ただ、欲望だけが、ここにあり。

爪を立てそうなほど強く握り込めば、熱い、熱い血潮だけを、痛いほど感じた。

真新しい建物は、化学物質のにおいのする風を送りこんでくる。物々しい警備の中で行われるオープニングセレモニーは、きらびやかな大人達であふれかえっていた。

白と金を基調としたその商業施設は、ホテルも併設されているが、便宜上メインタワーと呼ばれるカジノの各シアターを疑似体験できるアミューズメントがあり、見たこともないようなハイブランドのショップがひしめきあっている。贅の限りを尽くしたような悪趣味な趣向が、これからこの湾岸地区ではじまるであろう華々しい時間を予感させた。それは快楽の都か。それとも一夜の悪い夢か。

私達サーカス団の団員も、制服や、それに類する服を着て賑やかしのようにセレモニーに参列した。様々な立場の人間が壇上で話をするけれど、内容はまったく頭に入ってこなかった。私はこれから起こるであろうこと、起こさねばならないことを繰り返し頭の中でシミュレーションした。

その中で、ほんの時折、来賓と書かれて居並ぶ一群を視線だけで見た。

そこに、あの男もいた。

はじめて会った時とは違う、高級そうな礼服で、けれど、退屈そうに携帯を触る手だけは前と一緒だった。鷲塚という、その名前だけを、心臓に刻み付ける。精悍で涼しげな横顔は、灼けるような目で睨み付けたところでこちらを振り返ることさえしない。私にとっては、ままならない大人の象徴であり、仮想敵そのものである男が今日このセレモニーにきているという事実は、なによりも自分を奮い立たせた。

式典が終わり、これから私達一団はレストランで昼食をとったあと展望台へとのぼることになっていた。

「すみません」

その時、彩湖が杏音の肩を摑んで言う。

「ちょっと杏音の気分が悪いみたいです。レストルームで休んでいてもいいですか？」

マネージャーはそのアクシデントに一瞬眉根を寄せたが、スケジュールが押していたのだろう。

「頼むわ。五時までには合流すること。私は連絡がつかないかもしれないから、なにかあったらすぐにスタッフに言ってちょうだい」

そうこたえて私達は一団から離れた。私達は目配せを交わし、レストルームに行くふりをして足早に荷物をとりに向かった。

サーカスのプレ公演は延期となったけれど、そのかわりだろう、メインタワーの噴水広場では様々な催しが開かれていた。マジックショーや、クラシックコンサートなど。その噴水広場の時間があくのが午後三時。それまですでに二時間を切っている。

「じゃあ、あとは打ちあわせの通りに」

多目的トイレに分かれて入り、私達は慌ただしく制服を脱ぐ。私は彩湖と一緒に準備にあたっていた。

まとう衣装は薄く金糸で出来ている。化学繊維が小さな針のように肌を刺激する。各人が少しずつ色合いが違い、私よりも彩湖の方がグレイがかって大人びていた。

「綺麗ね」

と、背中ごしに鏡を見ていた彩湖が言った。私は照れくさく、複雑な気分で肩をすくめた。

「こんなところでこんな風に着るなんて、思ってなかったわよね」

出来たばかりの多目的トイレで、人の目から隠れるようにして。最初に身にまとう衣装が、そんな風だなんて、確かに思ったことはなかった。

成功するかはわからない。演出のプランも、音楽も急ごしらえの猿まねのもの。もっといえば私達を用意したのは大人達だった。期待をかけられ、けれどまだ結果ひとつだしていない私達が、私達だけで自分の生き方を選ぶこと。

「最初で、最後かもしれない」

と彩湖がぽつりと言った。

自分達は失敗するかもしれない。否、成功してもなお、許されることではないのかもしれない。

それは、私も重々承知をしていた。絶望的かもしれない状況で、けれど、胴乱（ドーラン）を塗る彩湖の横顔は強く輝いていた。後悔なんて、知らない顔で。

「だったら、派手にやりたいものよね」

彩湖らしい言葉だった。私は口紅を塗る手を止めて、笑ってしまった。「手伝おうか」

とアイシャドウのパレットをもって彩湖が言った。彼女はもうメイクを済ませていたので、私はあとのことを彼女にまかせることにした。

唇の形を彩湖の手でつくられながら、覚えてる？　と私は心の中だけで彼女に語りかける。

あの日オーディション会場の化粧室で。貴方が私の頬に魔法をかけてくれたから、私は今ここにいられるのかもしれないと。

彩湖は小指を私の頬に置き、閉じた瞼に筆を走らせる。そして小さな声で言った。

「マリナ。ありがとう、一緒にきてくれて」

表情は、見えない。

吐息だけが、まつげを撫でた。

「わたし、ひとりだったら、ここまで思い切れなかったと思う」

礼を言わなければならないのは私の方だと思った。否、私は礼ではなく謝らなければならないと思う。

私は私の欲望のため、私は私の自分勝手な矜恃のために、彩湖をそそのかし、巻き込もうとしている。彩湖だけではない、杏音もそうであるし、今日という日のために力を貸してくれた人も、すべて。

本当はサーカスなんてどうでもいいのだと言ったら、彩湖はどんな顔をするだろう。杏音はどんな風に悲しむだろう。

名声だけが欲しいと言ったら。

くるべき時がきたら、すべてに後ろ足で砂をかけて、貴方達の思い出にさえ泥を塗るかもしれないと言ったら。

いや、やめよう、と私は夜のような闇の中で思う。

「ありがとうなんて、やめて」

私も、謝らないから。

その言葉は、胸の内だけで告げて、瞼をもち上げる。

自分の顔は確かめなかったけれど、彩湖の、美しい表情を見て、私はすべてを、忘れてしまった。

すべては、些末なことだと思った。

「行きましょう」

携帯端末の時計を見て、彩湖が言う。

多目的トイレの自動扉が開けば、もう私達に隠れる場所はない。かけだす足は止まらず、どこまでも行くのだ。

どれほどの痛みでも。

どれほどの傷を負っても。

二本の足を得た、人魚姫のように。

音楽は、もう、はじまっていた。

吹き抜けの噴水広場に響き渡るその楽曲は、今日の私達のためにつくられながらも、かかることはなかったはずのもの。

観客の手拍子を期待してつくられたであろうそれは今、正体不明の昂揚と、困惑の中で鳴り響いている。

私達は走る。かろやかに。振り返る人に笑みかけて。

「噴水広場へどうぞ！」

エスカレーターをかけおり、噴水広場に向かって。広場の舞台、その中央には、妖精のように愛らしい格好をした、杏音がいる。

彼女の肩は、遠目にもわかるほど震えている。その手にはしっかりと、自身でつくった台本を握りしめて。

不釣り合いに大きなマイクを握り、彼女が言う。

「Ladies and Gentlemen」

声は、震えていたが。

発音は、美しかった。

「welcome to the Circus」

方々からかけてきたメンバーが舞台を模した広場に上がる。大人達はあっけにとられ、わけもわからず取材用のカメラを回す人も、スマホを向ける人もいる。

もちろん、慌てたスタッフが、しきりにどこかに確認をとっている姿も見える。そうした混沌を、すべて飲み込んで。

私達は、息を吸う。胸が隆起し、心が震える。

腕を広げ、宣言をする。

「サーカスへ、ようこそ！」

ここは、まさに。

——少女だけの、サーカスだった。


湾岸カジノのオープニングセレモニーに対する脅迫状のことは大々的に報道され、誰もが私達サーカス団のことを知っていた。旗印としてかつぎ上げられ、そして反対派の餌にされた哀れな少女達のことを。

ひときわ小さな杏音が、マイクを握り声をはり上げる。

「これは、処女公演の叶わなかった私達、サーカス団の有志発表となります。どうぞ、心ある方は、足を止め、目を留め、拍手を！」

最初に口笛を吹いたのは、海外からきたミュージシャンらしき人だった。しかしその後ろから、携帯を掴んだマネージャーが叫ぶように口を動かしているのが見えた。

「あなた達！」

私達は目配せをして広場から散る。観客の人々に隠れるように、広場の隅へ。私達が用意した演目は、十五分にも満たない。その間、もたせられればよかった。

「まずはご覧下さい。これはまるではてしない物語。ジャグリングのエンデ！」

数少ない、私達の願いを引きうけてくれたメンバーが、中央にでる。軽快な音楽にあわせた、華やかなジャグリング。

私達は両腕を振り上げ、手拍子を促す。音楽にあわせ、徐々に聴衆達の手拍子は強く、大きくなっていた。

「なにをしているの、すぐにやめなさい！」

かけ込んできたマネージャーに、「責任はわたしがとります」と彩湖が声を上げた。その言葉に、カッとなったようにマネージャーが叫ぶ。

「あなた達になにが出来るっていうの！」

間に立つように、私は足を踏み出す。

彩湖を守るように。先に行くよう、促すように。

「私達に出来ることは、これだけです」

拍手の音がひときわ大きくなり、音楽がかわる。スタッフは、彩湖が懇意の劇団から集めてくれた。

声に涙を滲ませて、杏音が叫ぶ。

「次にお目にかけますのは、稀代のロボットパントマイム――その名を、パントマイムのチャペック！」

しんと静まり返った広場に、無機質な音楽が流れ、彩湖のパントマイムがはじまる。

紅潮させた顔のまま、マネージャーはその演目に見入っている。そう、そうだと私は思う。

私達はこうして、誰かに見られるために集められた。育てられた。つくられた。

観衆を釘付けにするために。

喝采を浴びるために。

「あとは、貴方のトランポリンで終わり？」

低く、押し殺した声でマネージャーが言った。「あとでゆっくり、話を聞かせてもらうわ」と、精一杯の虚勢をはるように。

私は頷く。

ほんのいっときだ。今だけかもしれない。

けれど、許されたのだ。

どんな罰でもうけるつもりだった。それでここを追われたとしても、すべてをなくしたとしても。

このひとときには、かなわないと。

しかし、その時、静まり返った頭上から、もっと気だるげな声が落ちてきた。

「いいや、もうおしまいにしたらどうだい？」

私ははじかれたように顔を上げ、そしてよろめきそうになる足下を、必死の思いで踏みとどまった。

そこにいたのは、あの男――『生徳会』の、鷲塚片理だった。吹き抜けの手すりに肘をついて、高級そうな礼服には不釣り合いな、栄養補助食品に似た菓子をかじりながら退屈そうに言った。

「素人の思い上がりほど、滑稽なものはないよ」

私は拳に力を込め、声をはり上げる。

「聞こえないの？　あの拍手が！」

パントマイムは終盤となり、人々はその美麗さに惜しみない歓声を上げている。舞台度胸のある彩湖は、観衆に応えるように、パフォーマンスを繰り返した。

「聞こえてるとも」

鷲塚は眼鏡の奥の目を細めながら。

「哀れみの拍手だね」

――到底金にはならない、とにこやかに言った。

私はその言葉に奥歯を嚙み、爪を食い込ませ、血が煮えるのを感じた。炎が燃えるようだ。

あなたが、そのつもりであるならば。

「杏音！」

私は振り返り、声をはり上げる。不安げにこちらを見ていた杏音に、私は、指一本を、天へ。

（あとは、まかせるわ）

そう、口には出さずに、言えば。

杏音は、泣きそうに顔を歪めて、深く、深く頷いた。

そうして私は、かけだす。黄金色の衣装で。人を押しのけ、階段をかけ上がり、そして。

吹き抜けの三階、その一角に、隠してあった、ひとつの……天から下がる、ブランコだった。

（「本当に、いいんですか？」）

杏音は何度もそう聞いた。

彩湖とて、最後まで賛成はしていなかった。

（「用意は出来るけど、どんな事故が起こるかわからない。リハーサルだって出来ないのよ。わかってるの？」）

でも、これが、最後かもしれないから。

私には責任がない。

私には夢もない。

だから――。

「さあ、お集まりの皆様。これが本日最後の演目となります。我らが少女サーカス団、その花形をつとめますのは……」

音楽が大きくなる。それは、本来ならば私のトランポリン演技に使われるはずだった。その用意も、下には出来ている。けれど。

ここにいるのは、トランポリンのルイス・キャロルではない。

「サーカスの星、ブランコ乗り」

まさか、と声が上がる。

やめなさい！　という叫びは、マネージャーのものだろうか。あの鷲塚という男が、どんな目で見ているかわからない。

でも、もはや、関係ないと思った。

これは、私の、私だけの、戦いだ。

手のひらを嘗める。祈るように。ブランコを掴む。この細い棒だけが、私を宙に投げてくれるだろう。

愛らしい声で、マイクを通して、名乗りが、上がる。

「ブランコ乗りのサン＝テグジュペリ」

なにももたない私は、命を賭ける。

歓声が喝采にかわるその時に。私は――そこに、光を見た。

正直なところ、私はそのゲリラ公演において、満足な演技を出来たとは決して言えなかった。

吹き抜けに飛び込み、無事にトランポリンに降り立ち、命があったことが奇跡といえたかもしれない。杏音はもはや涙でマイクをもてる状態ではなく、最後は彩湖が挨拶をして締めた。私達はマネージャーに連行される形で会場から離脱させられたが、夕方のニュースにはすでにゲリラ公演の映像が流され、大きな反響を呼んだらしい。

それは必ずしも、私達の演目の技術が人の目を引いた、ということではなかった。報道する人々は、大人達は、そこに物語をのせた。華々しいオーディションで集められながらも、公演を許されなかった若き少女達が、舞台に立つために行った反乱。

私達の背後で働く大人達は、これを好機ととらえ、私達を、「脅迫にも屈さず勇敢に戦った少女達」として美談に仕上げることにしたようだった。

サーカスの成功と喝采は、そのまま、賛否の分かれていたカジノ自体への追い風にもなるから。

――ただひとり、鷲塚だけは、その流れをどう思っていたかは、わからない。

私達は夜の迎賓館パーティにも呼ばれ喝采をうけることになったが、しかしそこに、鷲塚の姿はなかった。彼が私のブランコを、最後まで見たのかどうかもわからなかった。

そしてその日から、私達サーカス団をとりまく環境は一変することとなる。

あらゆるカジノの広告宣伝に駆りだされ、大人達のいいようにインタビューをうけ、物語がつくられていく。プロデューサーを含めて様々な大人達が入れ替わり立ち替わり私達を利用し消費する商売を模索し、私達は自分達が、商品としてつくり替えられていくのがわかった。

それはずっと望んでいたことだったはずなのに、己が己でなくなっていくような、別の皮をかぶせられていくような、不思議な感覚だった。

その中で、ひとりだけ、サーカス団に戻ってこなかった少女がいた。

責任をとると言った彩湖でもなく、命を捨てても構わないと言った私でもなく……。

私達に夢を賭けたはずの、杏音だった。

「どういうことですか、杏音が退団したって！」

声を荒らげる彩湖に、「ご両親の意向です」と笠井という名の新しいマネージャーは冷たくこたえた。前のマネージャーが、私達のせいで左遷されたのか、それとも出世したのか……それは私達の知るところではなかった。

新しいマネージャーは淡々と告げる。

「元々、彼女はこの夏で退団の話がもち上がっていたと聞いています。秋からは、ご両親と一緒に海外へ行き、そちらの学校に進学が決まっていると」

この夏で。

だとすれば、杏音はすでに、ここを去ることをわかっていたということだった。だから、だったのかもしれない。

すでに、彼女の携帯番号は通じなくなっていた。自宅まで行く勇気はなかった。

彼女もまた、私達を使い、自分の欲望を満たしたのかもしれなかったと私は思う。

しかしそれを責めるつもりは……欠片もない。

それからしばらく経った、早朝のこと。私と彩湖がふたり、いつものように体育館へ到着すると、そこのドアの前に立っていたのは、警備員でもファンでもなく、制服を着た、杏音だった。

「杏音！」

私達がかけ寄ると、杏音はその大きな瞳からぽろぽろと涙をこぼし「ごめんなさい。ご挨拶もしなくて」とかすれた声で言った。

そんなことはいいのだと私達は言った。聞けば、杏音はこれから、出国のため空港に向かうのだという。子供の習い事としてサーカス団に通わせていたはずが、あんな大事になり、杏音の両親はずいぶん彼女を叱ったのだとも。

「あなたが悪いことなんてひとつもないでしょう！」

思わず叫ぶ彩湖に、「はい」と杏音はこくりとうなずいた。

「わたしは、いいことしかなかったです」

相変わらず、彼女は独特の、つたない日本語の表現で、私達にすがりながら言った。

「わたし、わたしは」

妖精のように、綺麗な涙を流して。

「本当は、アンネ・フランクみたいになりたかったです」

なにも出来なかったけど。

夢を見てばかりだったけれど。先輩達を日記に書いて、たくさんの人に読まれるようになりたかったと杏音は言った。

このままこのサーカス団にいたとしても、決して演目を、その冠をもてなかったであろう彼女が。

そっと自分の名前を、そこにしのびこませていたのだと、私達はそこでようやく気づいた。

涙で制服のスカーフを濡らしながら、私達の後輩は、最後に問うた。

「ねぇ先輩、先輩達は、サーカスを成功させますか。いつかわたしに見せてくれますか。みんなが拍手をして、みんながブラボーと叫ぶ、その時に、わたしのつけた名前を使ってくれますか」

見られるかは、わからない。そこに、自分はきっといない。それでも。

「パントマイムを踊るのは、チャペックですか」

どこかの空の下で。

この湾岸カジノで。

「空を飛ぶブランコ乗りは、サン＝テグジュペリですか」

それを、信じてもいいかと、杏音は言った。

彼女は、夢を見た。

私達に、夢を見たのだ。

私達はその小さな肩を抱いて、頭を撫でて。

「約束をするわ」

そう、囁くことしか、出来なかった。

「きっと、約束をする」

私達の杏音。

可愛らしい、妖精のようだった、あなた。多分あなたは、私達の、尊い妹であり、素晴らしいプロデューサーであり、最初のファンだったのだろう。

それからのち、マネージャーが、演目を手伝う役割を名前をもたない団員達にまかせたいという提案をしてきた。

サーカスにはつきものの、道化師（ピエロ）のように。

けれど彩湖は、首を縦には振らなかった。

「このサーカスに、道化はいないわ」

そして彼女がなにを提案するのか、私は、言われなくてもわかっている。

少女だけのサーカス団。
ここには、いつだって、観客を導く、妖精（フェアリー）の姿がある。

幕間　Fからの手紙　I

少女サーカス団
ブランコ乗りのサン＝テグジュペリ　青山マリナさま

はじめまして。突然の手紙をお許し下さい。

この手紙が届いたということは、届けてくれる方がいたということなのでしょう。その方に、まず感謝を。本当にありがとうございます。

そして、手紙の送り先がわからず、カジノ事務局にあてた非礼をお許し下さい。この手紙がもしも届いていなくても、それは仕方がないことだと思っています。

ただ、いてもたってもいられなくて。あまりに思いが募って手紙をしたためた人間がいたこと、それを、サーカス団の方まで届かずとも、事務局のどなたかに知っていただけたならと、今は、祈るような気持ちです。

前置きが長くなりました。この手紙は、サーカスのイベント申し込みでも、ましてや脅迫状でもありません。

わたしの、つたない、ちっぽけな、応援の気持ち、ファンレターです。

わたしはちょうど二ヶ月前、湾岸カジノオープニングセレモニーに、父に連れられ参加していました。参加といっても、たまには気晴らしに外にでないかと珍しく誘われ断りきれず、あとでテレビ番組などを見るまで、脅迫状の騒ぎもまったく知りませんでした。

当日も、決して楽しんでいたとはいえません。新しい建物はどこを見ても綺麗だったけれど、とにかく人間が多すぎて、久しぶりに電車にのって外にでたわたしは、完全に人の波に酔ってしまいました。

そして仕事の挨拶がある父としばらく別れ、ベンチに座って休んでいたのが、あの噴水広場でした。

わかりますか？　サーカス団の皆様が、突然のゲリラパフォーマンスをはじめた、あの噴水広場です。

あそこに座っていたのは、本当に、ただの偶然でしたが、わたしにとっては、人生のうちで一番素晴らしい奇跡でした。

音楽が鳴りだした時のことを、今も鮮やかに覚えています。いいえ、この二ヶ月間、寝ても覚めても、忘れたことはありません。

皆さんが、ジャグリングのエンデが、パントマイムのチャペックが、そしてブランコ乗りのサン＝テグジュペリが、春の嵐のようにわたしの目の前をかけ抜けて行きました。特に、青山さまの、身体が、滑空のように頭上をすべって行った時、その美しさに身がすくみ、息をすることも忘れてしまいました。

家に帰り、とにかくその日のニュースを見られるだけ見ました。次の日も、次の日も。

それから父に頼んで少女サーカスの次の予定を調べて、先日はＦＭのラジオスタジオも拝見させていただきました。人がいっぱいで、ほとんど姿は見ることが出来なかったけれど、青山さま、それから皆さんの生の声を聞けただけで、涙が止まりませんでした。

わたくしごとになりますが、わたしは高校の半ばに、学校生活からドロップアウトをしてしまい、今は二十歳を過ぎてもなお家のことを手伝うだけの日々です。あなたがいてくれて助かる、と母は言ってくれるけれど、世間一般には引きこもり、ニート、だなんて言われても仕方がない生活をしていました。

そんなわたしが、ひとりで少女サーカスのことを調べ、ひとりで出かけることが出来るまでになりました。

なにもかも、皆さんを好きになったおかげです。

今、わたしの毎日は輝いています。目的だって、目標だってあって、今、アルバイトを探しています。

いつか少女サーカスの公演がはじまった時に、絶対に、自分のお金でチケットを買いたいから。

皆さんは、わたしの命の恩人です。先日放映された、ドキュメンタリー番組も拝見し、皆さんがどれほど頑張っているのか、どれほどすべてをなげうってサーカスに賭けているのかを改めて知り、いてもたってもいられなくなり、こんなお手紙を書かせていただきました。あの日、皆さんが、本当に素敵だったこと。ちっぽけだった、わたしの運命をかえてくれたこと。その御礼を、とにかく伝えたくて。

本当に、本当にありがとうございました。

これからも出来うる限り、皆さんの勇姿を拝見させていただきたいと思っております。

いろんな方が、皆さんに夢中になっているかと思いますが、その、一番最初のファン……の、ひとり、くらいにはなれていたら、嬉しいな。

お身体だけは気をつけて。

あなたの、生きたいように生きて下さい。

いつも、いつでも、いつまでも、応援しています。

Fより

第二幕

金魚姫は永遠をうたう

Act 2

あの頃ママはあたしに夢中だった。

うーちゃん、あなたはアイドルになるのよ。

ものごころつく前からはじまった「芸能活動」はあたしの幼稚園でありお稽古であり小学校でありママとのお遊戯だった。好きだったか？　うん、好きでした。多分。

でも、ある時言われたんです。

『本当に、可愛げがない子ね』

ママの結んでくれた髪にママの選んでくれた服、ママの塗った化粧でママの切ってくれた爪でママの言う通りに喋ってママの言う通りにうたったのに。

『そんな――じゃ、誰もあなたを愛してくれないわ』

ママがそう言ったから、あたしは多分可愛くない子なんです。でも、アイドルは可愛くなくちゃいけないと思って、それで。……それで。

――あぁでも、そのママも死んじゃったんですけど。

「今の、家族の話。ＮＧでお願いします。公開していないプライベートなので」

すかさずマネさんから声が飛んできた。マネ島さん。もとの名前は忘れちゃった。あたしは話の道筋をなおす。コンビニで配られるペラペラの冊子に載るという、この会話。

ラフな格好をした記者さんが、ノートに乱雑な文字を走らせながら言う。

『シルク＝スパン』は日本を代表するアイドルグループになったと思いますが、あなたにとってこのグループは？

卒業後の予定は？

これからも芸能活動を続けていく？

インタビュー仕事は、嫌いじゃなかった。

記者さんの質問はあたしを女優にしてくれる。何故って、用意された台本のまま喋らないといけないから。

コンビニの店員さんみたいね。いらっしゃいませ。ありがとうございました。

どれほど同じ質問が続いたって、あのう、それ、もう、百回聞かれましたよ。だなんて、あたしは言わない。マネ島さんに怒られないように、何度も口にした言葉を繰り返す。そうね、あたしにとって『シルク＝スパン』は。

――青春のすべてでした。

卒業後の予定は。

――今は考えられません。

芸能活動を続けていく？

――わかりません。でも、皆さんとお会い出来たら嬉しいです。

百回聞かれた質問に、百回告げたこたえ。

おつかれさまで～すと笑ってお別れする時だけ、なんだか握手会を思い出した。ああこれはアイドルの仕事って思った。記者さんの背中に手を振りながら、あたしは思った。

あたし、アイドル、好きだったんですよ。

記者さんが出て行ったらすぐマネ島さんに肩を摑まれた。

「有葉(ウルハ)、どうしてそんなことを言うの」

あなたの母親は死んでなんかいないでしょう、ということをマネ島さんは言った。眼鏡の奥で吊り上がる目と、きつめの剣幕は、いつかのママみたいだった。

あたしは自分の眉を下げた。反省の色。絶妙な覚悟で。

はぁ。

ええっと。

なんとなく。

ウケるんじゃないかなって思ったんです。

だってあの記者さん、つまらないなって顔してたんですよ。この年にもなってママの言う通りで、つまんないって。つまんないってダメ、じゃ、ないんですか？

とは思ったけれどあたしはそれをそのまま口にはしなかった。そういうコメントを求められていないってわかったから。そう、台本には書いてなかったね。

ごめんなさいって、落ち込んだ顔をして。あごを引いた。その数ミリの調整まであたしは出来るのだった。

確かにママは死んではいない。

あたしに見切りをつけて、新しいパパのところであたしの知らない弟を産んで、今度はその弟をアイドルにすることに夢中なのだろう。

そこまで考えて、あたしは小首を傾げる。

なんだ。

死んでるじゃないですか？　やっぱり。


『シルク＝スパン』はまな有葉卒業コンサート。

そう銘打たれた品川のライブハウスは満員で、当日券も出なかった。記念ペンライトの色は赤。燃えてるみたいだとあたしは思った。

シルク＝スパンは七人態勢のアイドルグループだ。はじめた頃は四人だったけど、それから三人増えた。そして、あたしが抜けたら六人になり、まだ発表されていないけれど三人が増えて九人になる。

簡単な引き算と足し算。みかんとりんごみたい。

トップアイドルグループなんて言っていた記者さんもいたけれど、そんなにいいものではない。三周年記念の武道館だって上手く隠してはいたけれど天井席はがら空きだった。

でもその表現が致命的に間違っているのかどうかもわからない。トップ、がどこか、なんてあたしは知らない。

本当はここがどこかもわからないので。

ダンスの立ち位置ナンバーを覚えるのでいつも精一杯だ。オリコンの順位だって、発表する時以外は忘れてしまう。

たまに、テレビから自分の歌が聞こえるとびっくりする。

あら、いい歌ですね。

お上手ですね。

卒業コンサートは滞りなく進んでいた。中盤の初期曲メドレーを終えて、衣装替え。赤いドレスを着てでた時だった。

怒号みたいな歓声に混じって、その隙間を縫うようにして。

「クソセンター！」

って叫びが聞こえた。

客席の隅っこ。一番左の端から。小さな子供の癇癪みたいな変に甲高い声だった。

「金魚センター！」

ステージと会場が凍り付いた。みんなが一斉にそっちを見た。

あたしはそっちを向かなかった。

慌てたスタッフが走っていくのだけ、視界のはじで見えていた。それからあたしがやったことは指先をひらひらと、胸びれみたいに泳がせて。一番にくるりと回ってみせることだった。

ヒュウ、軽薄な口笛の音がして、お客さんの視線がこっちに戻ってきた。

一番最初にメンバーが笑った。笑ってくれてよかったと思った。笑ってくれてよかったよ。それがどんな種類の笑いでも。

笑って踊ってそれから泣いて。熱狂が、感情が、思い出に変わっていく。

みんな、とあたしは言う。

――過去形。ううん、そんなことないよ。今も大好きだよ。鏡みたいに、大好きになってくれた分だけ、大好きになるの。

そして、すぐに、過去形になるのです。


アンコールの最後、デビュー曲である『シルクにスパンコール』をうたうためにドレスを脱いでいたら背後で声がした。

「ねぇねぇなにあいつ！」

スタッフリーダーに詰め寄っているのはメンバーのかすがだった。

「前も聞いたことある声だったよ、出禁にしたはずじゃなかったの。せっかくの卒コンなんだよ。有葉の晴れ舞台だよ！　あんなのファンじゃないよ、むかつく！　有葉も怒った方がいいよ！　ねぇ！」

かすがはこの『シルク＝スパン』の初期メンバーで、最初のうちはリーダーだった。あたしが実質センターになるまでの話。今も、こういう時に最初に怒ってくれるのがかすがだ。

　怒りの勢いのまんまでかすがは天を仰ぐ。

「ああ、終わっちゃう」

　そう言いながらかすがは大げさに、あたしに抱きついた。ファンデーションの甘いにおいがした。

「有葉、有葉、有葉は最高のセンターだったよ」

　台本だ、とあたしは思った。

　これからステージで起こるであろう感動のラストシーンの予行練習。だからあたしも力の入りきらない腕でゆっくりと抱きしめて言うのだ。

　かすがは最高のリーダーだよ。シルクをどうかよろしくね。

「有葉ぁ」

　とかすがは涙をにじませてくれた。

　そう、そうだね。これからたくさん泣かなくちゃいけないもの。ウォータープルーフの用意はいい？　この日のためのエクステは大丈夫？

　あたし達は普通だった。普通に仲良しグループでメンバーだった。他の仲良しを知ってるわけじゃないけれど、事務所が集めた、芸歴の長い女達だった。だから距離の取り方をよく心得ていた。

　かすがが、かすがのダンスの利き足、ターンの速さは知っているけれど、携帯の番号は知らないね。

あたし達は仲間だと言い、ずっと友達だと言って。

きっと生涯、連絡先も交換しない。

カメラの前では指先を指輪みたいに絡めて、それでも。

ご飯は一緒に食べない。

でもだからこそ一緒にやってこられたんだと思う。お互いのことが好きな「自分」でいられたんだと思う。仲良し営業がどうとか、そういうのじゃなくて。

不仲、に、なるほどの、エネルギー。あたし達にはなかったよね。そんなことよりちょっとでも、自分の顔を可愛くしたかったたし、仮眠の三十分でもとっていたかった。

楽しかったね。

アイドル、を、したね。

実際に、心の中にはなにがあったのかはわからない。

不動のクソセンター。

金魚センター。

かすがだって、そういう風にあたしのことを呼んでいたかもしれない。さっき叫んだお客さんみたいに。でも別にそれはそれでいい。メンバーにはその資格もあるし、同時に共犯者でもある。その中で、かすがはよく耐えたと思う。そして明日から、かすがはこのグループのセンターになる。

かすがは最高のリーダーだよ。シルクをどうかよろしくね。

そういう、用意された台詞を言うために、あたしは最後のアンコールに出て行く。あたしのことを呼ぶコールがする。

あたしは、あの、コンビニエンスで配られるであろうインタビューの台本について考えていた。

——青春のすべて。

確かに十六から十八までの二年間をこのグループで過ごせたことは、あたしにとっては幸せなことだったのでしょう。あたしは確かにアイドルになった。なりたいものになったのだ。

そしてこの先、なにになるのかは知らない。

グロスを塗った唇を、マイクに触れないぎりぎりで開く。クソセンターと声をはり上げた、あの男の人は外にだされてしまっただろう。でも、出来ることなら彼にも見て欲しかった。

どうか目に焼き付けて欲しい。

あたしがシルクの、クソセンターだったことを。

ライブハウスの外にはまだ人が残っているだろうか。他のメンバーは早々にいつものバンにのってライブハウスから出て行ってしまった。あたしは、もうあの車にはのらないと決めていた。あたしはこのアイドルグループから、卒業したので。

どこか粗雑に人の行き交うライブハウスの撤収作業の中で、あたしは異物みたいにふわふわとただよっていた。

先のことはわからないと言った、それはただの台本ではなく真実なのだった。かといってあたしに知らされていないだけで、多分マネ島さんには考えがあるのでしょう。今日も、マネ島さんはステージの終わりにどんなお客さんよりもはやくライブハウスから出て行ってしまった。

あたしはライブハウスにひとり残って、エントランスに飾られた花を見ていた。

そこには様々なフラワースタンドがあった。色は主に、あたしのメンバーカラーである赤。それから他に、メンバー全員の色をちりばめてあるものもあった。

花だけじゃなくて、メッセージボードに、写真に、等身大パネルに、人形に。みんな、思い思いの趣向を凝らして、あたしの卒業を祝ってくれているんだと思う。

あたしは、まともに高校もでてはいないので。

卒業っていうの、そういえばはじめてだった。

スタンドに刺さっていたワニの肌みたいな黒い筒をとって、中を見てみた。きっと入っているんだろうなって思っていたから、あまり驚きはしなかった。

卒業証書。

あんまり綺麗じゃない筆ペンの字で、はまな有葉様とある。

あたしはそこにある文面を読み上げる。

──あなたはアイドルグループ『シルク＝スパン』においてすべての課程を修め、卒業したことを証する。

そういう、勝手なことが、書いてあった。

こんな感じか、と思った。

こんな感じか……。

これ、を、どんな風に感じたらいいんだろう。無機物は苦手だった。なにを期待されているのかわからない。なにを返していいのかわからないから。

手の中でもて余していたら、ふと声がかかった。

「それ」

自分に向けられた声だ、と思ったから振り返った。人間の声だったから。あたしを何者かにしてくれる声なのかと思って。けれどそこにいたのは人間じゃなくて、段ボールだった。

「もって帰ります？　その筒」

その、台車に積まれた段ボールの向こうには、人間がいるようだった。

手早く段ボールを開いたのは、ポロシャツを着た、どこかずんぐりむっくりとした男性だった。髪は短く清潔そうではあったけれど、首にタオルをかけて、眼鏡はフレームも太くてレンズも重たそうだった。あたしは男性の年齢の判断基準をもっていなかったので、年上ということ以外、わからなかった。一見するとお客さんによくいるタイプだったけれど、胸元には確かにこのライブハウスのパスが見えたし、お魚屋さんのようなエプロンには、「オカモト生花店」の文字があった。お花屋さんだ、と思った。

お花屋さん、つまり、仕事の人。

彼はエントランスの一角の花を片付け始めた。

——ううん、とあたしはどこか居場所がない感じに、こたえた。

別に、いらないです。

言ってから正解だったかなと迷った。言葉とか声色とか、全部。あってるかあってないか、判別してくれる人がいなかった。

「ああ、そう」

とお花屋さんはこたえた。それから事務的に、並んだフラワースタンドの幾つかを片付け始めた。彼はあたしのことをいないものと扱ったから、あたしは自分をいないものだと思うことにした。スタッフさんのご迷惑にならないように。そういうのも、あたしは得意だった。

卒業証書を戻して帰ろうとした時に、ぼそりと低い声が耳に届いた。

「金魚だ」

あたしは足を止める。

ゆっくりと振り返ると。彼が拾ったのは、どこかのスタンドから落ちたのだろう、金魚のぬいぐるみだった。

安物のシルク風の布でつくって、スパンコールを貼り付けた、ふとっちょで、ぶさいくなやつ。

「ああ、あんた、金魚鉢の人？」

お花屋さんは、そのぬいぐるみを戻しながら早口でひとりごとみたいに言った。

「武道館だったか。去年、金魚鉢をフラスタにしてくれって言われて。すごい苦労をしたんだよね。据わりが悪くってさ。あんただったの、あれ」

あはは。

あたしは思わず笑ってしまった。なんだか愉快な気持ちになって、笑いながら言った。

そうですよ。

あたし金魚ちゃんなんです。『金魚センター』って今日も言われたんです。なんで金魚だかわかります？　ステージの上でいつも口パクだから。ほら。

ジェルネイルの爪を、唇の隣で開いたり、閉じたり。

ぱく、ぱく、ぱく。

こうしてさっきまでステージに立ってたんですよ。ＣＤはもちろんだしライブでもオンエアでもそう。だからこう呼ばれていたんです。シルスパの金魚センター。

お花屋さん、眉を寄せた。

「それ、悪口？」

あたしはすぐ返す。

悪口じゃないと思います。

愛かな？

ちょっとだけギャグのつもりだったけど、お花屋さんは笑わなかった。

「そんな愛ある？」

さぁ、とそれは口には出さずに、心の中だけで言った。

さぁ、知りません。

その突き放した返事のかわりに、あたしは礼を尽くすのだ。

武道館ではどうもありがとうございました。金魚鉢、覚えてますよ。素敵でした。すごかったですね。

みんな笑ってました。

ファンも。

メンバーも。

あたしも笑いました。どうもありがとう。

「いや、ありがとうって顔じゃないでしょう、怒ってんの？」

お花屋さん、右肩を上げてこめかみの汗を拭いて、探るみたいにあたしのことを見た。

その分厚いレンズの向こうにある細い目が、あたしを怒っていると判断したなら、それは多分、あなたがあたしに、怒っていて欲しかった、それだけだと思いますよ。

そう説明してあげたかったけれど、それより先にもうひとつ質問の方が投げられた。

「なんでうたわないの？」

あはは。とあたしは笑った。

今度こそ、声を上げて、笑わずにはいられなかった。

——なんでうたわないといけないんですか？

歌を聴きにきてる人なんて誰もいなくないですか、歌を聴くならCD聞いてたらよくないですか、今はみんなどんな歌声だって綺麗に「整形」してくれるんですよ。すごいんです。技術力の進歩なんです。だからみんな録音を聞きにきてるんです。

生身、を、見にきてるお客さんのために、踊って、笑って、声援に応えるんです。それが、アイドルの一番大切なことだと思います。

うたうこと、じゃなくて。

響かせるのは、欲望と期待でしょう。そして、返してあげるんです。なにをかはわからないけれど、自分が愛したことに、足るなにか。

多分ね、みんな誰かを愛したいんですよ。

愛した人に愛して欲しいの。さみしいからかな。

「だって、あんた」

お花屋さん、まだ少しなにか言いたそうな顔をしたけれど。

「いや、まあ、いいけど、どうでも」

そう言って、スタンドの解体に戻ってしまった。どうでもいい。まったくその通りなんだろうと思った。鏡あわせみたいに、やまびこみたいに、あたしもその人のことはどうでもよくなった。ので、近づいて覗き込んで言った。

お花、どこに行くんですか？

あたしは別にいりません。だって、もって帰ってもお世話できないし。お花、わからないし。

でも、今日一日だけのコンだったから、まだ綺麗ですよね。このお花って、リサイクル、されますか？

「あんたはどこに行くんだ？」

どうでもいいって言ったくせに、お花屋さん、顔も上げないでそう聞いた。

どこに行くんだ。それは何度も聞かれた、あのインタビューの「今後について」とはまったく違う聞き方だと思った。

だからあたしも、台本にない台詞を言った。

どこかなぁ。

多分だけど、脱ぐんじゃないかなって思っています。

今後のことはわからない。卒業だって事務所が決めた。多分あたし抜きでやりたいことがあったんだろう。それか、あたしの今までやってきた仕事のうちのどこかが、誰かの怒りを買ったとか、そういうことで。昔からよくあるので、もう考えることはやめてしまった。

損得の、計算機を叩いて。

いらない子になったのは、あたし。

今は、まだこのシルクでの人気が続くうちに、稼げるうちに、事務所はあたしにシルクじゃないなにかをさせたいということだ。

女優とか向いてるかもしれないし、と言ったのはマネ島さんで、本当ですか？　とあたしは聞き返した。

本当ですか。本当にそう思ってるなら、それでいいんですけども。

多分、あれ、嫌味だったのかもしれない。今にして思えば、ね。

まあ、とりあえずは、水着とか。

脱いだりとかするんじゃないかなって思ってます。

「それでいいんだ？」

うん、それもいいかなって、あたしはお花屋さんにこたえる。向いてると思ってます。脱ぐのはね、きっと上手く修正してもらえると思うんですよ。テレビとか、ドラマとかよりずっといいと思ってます。

パソコンで、綺麗に。

技術、進歩、すごい。

リサイクルもね、エコですよね。地球にやさしいもん。

あたしがそう言ったなら、お花屋さん、眼鏡の奥の目を気難しそうに歪めた。

熱気の死骸と、これからリサイクルされる花達と、なにもかもが不釣り合いだった。そこにまた不釣り合いな声が飛び込んできた。

「有葉、いる!?」

マネ島さんだった。いつもみたいに太くて高いヒールで、音を立ててあたしの方まで歩いてくると、まだステージ衣装のままだったあたしの頭の天辺からつま先まで見た。

「まあいいわ。車の中で着替えて」

腕を摑んで連れて行く。お花屋さんを置いて。

熱気を置いて。

花を置いて。

卒業証書を、振り返りもせずに。

お仕事ですか？　とあたしは聞いた。「そう」とマネ島さんは頷いて、駐車場の、開きっぱなしだった車のドアの中にあたしを押し込んだ。公道にでるまでは車内の明かりはつけない。そういうことには慣れていた。隠れて生きるみたいに。

「契約トラブルで降板があったの。先方が気に入ればこの仕事は大きいわ」

ハンドルを握りながらも絶え間なくどこかへ電話をかけ続けながら、合間にマネ島さんはあたしに話しかける。あたしはそれを聞き流しながら、自分の衣装を脱いでいく。

小さなほつれがたくさんあるこの衣装に腕を通すことはもうないのだろうとあたしは感じていた。

学校の制服よりもたくさん着た、シルクと呼ぶには安物の、もはやあたしの肌のような。

「いい、有葉。これが決まったら他の仕事は全部キャンセルよ」

真っ暗な車内にマネ島さんの声が響き、車の誘導灯がかすかに赤い唇を光らせた。それをバックミラーごしにあたしは見た。

「あなたには、カジノ特区で、歌姫になってもらうんだから」

安物のシルクと、スパンコールを脱いで。

あたしはアイドルから、「卒業」したのだろうか。


海のそばにカジノが出来て、そこに少女だらけの見世物が出来るということは、あたしも垂れ流される芸能ニュースのたくさんのトピックスのひとつとして知っていた。

なんだかニュースになるような話題になって、注目を浴びた女の子達がいて、おじさんにもおばさんにも大人気。そんなサーカスが、もうすぐ本格的にはじまるんだって。どこのハコでやるんだろうってことだけ、あたしは確認した。カジノに出来る、セントラルホール。知らないハコだ。それで、あたしは興味を失っていた。

そして卒業ライブの夜、あたしは何人かの大人と引きあわされ、ただニコニコと笑顔だけを振りまいた。

　大人達は「急なこと」という言葉を繰り返した。その中でぽろりとこぼされた「シオン」という名前だけあたしの耳は拾った。吾妻(あづま)シオンのことだろうとあたしは心の中だけで思った。あたしもよく知っている、人気の歌手だった。ギターも弾けて、泣ける歌をうたう。歌姫という言葉が、確かによく似合う人で、音楽番組で一度共演したこともある。共演といっても、同じ画面の中にいた、という程度のことだけれど。あたしは音楽番組では自分の番に口を開くことしかしないから、よく覚えていない。

　とにかくその吾妻シオンがなんらかの理由でサーカスの「歌姫」を降板したらしかった。その理由はあたしにはわからない。スポンサーの意向とか、当局からの指導とか、そういう話らしかった。興味もなかった。

　あたしは大人達が話している間、彼らが背中に背負っている、【少女サーカス、開演】のポスターを眺めていた。

　サーカス。見たことはない。

　ライオンが火の輪をくぐらされていたのは、誰のなんのMVだっただろうか。綺麗かなあと思ったことを覚えている。そこに美しいなにかがあるような気もしたし、その美しさを理解しきれないような気も、同時にした。

　だって、火の輪をくぐらせなくたって、あたし達は切り刻んで焼いた牛や豚を食べるし。綱渡りをしなくたって、日々何人も線路に飛び込んで空を飛んでいるでしょう。

それとどう違うのかわからない。つくりものだから、安全だということだろうか。だとしたら……だとしたら、あたしをそこに配置するのは確かに、理に適っているとも思ったのだ。

あたしの歌は、安全だ。

それはあたしが保証をするもの。

そして翌日あたしが連れて行かれたのは、海辺の少し辺鄙な場所にある、トレーニングルームだった。

そこにいたのはサーカスの「団員」だという女の子達だ。

おはようございます。

そう言ってトレーニングルームに入ると、十人ほどの女の子の視線が、一斉にあたしに集まってきた。あたしに同行していたマネ島さんの隣には、サーカスの方のマネージャーさんがついていた。名前はもう忘れてしまった。サーマネさん、とあたしは心の中で呼ぶことにした。

号令をかけたわけでもないのに、団員の女の子達はあたし達を取り囲むように集まった。

年上の人がいた。年下の人だっていたことだろう。でもあたしは一番下、のつもりだった。どこにいっても。小さくてかわいい女の子、でいたい。

みんな稽古着みたいなTシャツとスパッツで、化粧なんてなにひとつしていない子もいた。ふわりと夏の終わりの、汗のにおいがした。

嫌な感じではないけれど、なじみの少ない、感じだった。男の人のにおいとも違う。甘くないチョコレートみたいなにおい。血のにおい、にも近いのかもしれない。

彼女達はあたしの顔を見て、目を丸くしながら聞こえるか聞こえないかの声で小さく呟いた。

「顔、ちいさ……」

「肌真っ白」

あたしはどこかに焦点をあわせることなく全員の顔色をうかがい、その中で自分を知っている人間が誰かということを判別していく。

こんな仕分けは、多分なんの意味もなさないのだけれど、長らく染みついた習性みたいなものだった。

「今度のファースト公演のオープニングをつとめていただく、歌手のはまな有葉さんです」

サーマネさんがあたしをそんな風に紹介した。歌手という肩書きはあたしにはじめてついたそれだった。

歌手。うたので。

言い直すように、誰かが声を上げた。

「歌姫ね」

その隣から、また強めの声。

「アンデルセン」

あたしはその単語への興味よりも、声の強さに反応してそちらを見た。サーカスは「団」だと聞いていた。集団には、トップがいるしそれと別にリーダーがいるものだ。集まりの中で、見えない首輪を引っ張る力のある人。それを見分けることは、多分自分を知っているかどうかで仕分けることよりも大切なことだろうと思ったから。

「よろしく」

そう言って前にでてきた二人を、サーマネさんは紹介してくれた。「パントマイマーとブランコ乗り」の、名前は……一度では聞いても覚えられなかった。

二人はどちらも、肩のはったかっちりとした身体つきをしていた。自分と同じくらいの年齢のように見えた。パントマイマーだという少女は黒髪を肩で切りそろえ、ブランコ乗りだという少女は長めの髪をひとつに結んでいた。

あたし達は握手をした。といっても、あたしは手を差しだすだけで、手は握られただけだった。それはあまりに慣れすぎたあたしの習性といってもよかった。

握手っていうのは、手を握ることじゃない。

握られることだった。

特にブランコ乗りだという女の子は、触ったことのないてのひらをしていた。多分あたしの手はこれまで、何千という手に握られてきたと思うのだけれど、不自然にまめの潰れた、蛇のうろこのような手のひらだと思った。

チョコレートと血のにおい。

そして蛇のうろこ。

なじみがないいし、なじめそうにもなかった。こうはなれないいし、そうなれと求められてもいない。

――アンデルセンって、なんですか。

あたしはそう尋ねた。歌姫になれと言われるならば、姿と形ばかりだけでもそうあろう。けれど、「アンデルセン」のさすものがわからなかったのだ。

「あなたのタイトルよ」

そう、パントマイマーが言った。タイトル？　歌の？　とあたしは思う。彼女達はすぐにはそれにこたえず、マネさん達になんらかの目配せをしたように見えた。それをうけて、マネさん達はふたりとも部屋から出て行った。あたしへの歓待を、彼女達にまかせて。

集まっていた少女達も、あたし達に……主にあたしに対して興味があるようだったけれど、このふたりには意見が出来ない立場のようだった。

なんだ、と思う。

なんだ、ずいぶん力関係のはっきりとした、グループなんだなと思った。でも大丈夫、そういうのは得意だから。

あたし達は皆、その部屋の片隅にあった、平均台のような場所に腰をかけて、再度自己紹介をした。ブランコ乗りはマリナ。パントマイマーは彩湖、もしくは。

「サン＝テグジュペリと、チャペックと呼んでもらってもいいわ」

わたしはクリスティを名乗ることもあるけれど、今のところ本番ではその名前で呼ばれる予定はない、というようなことをパントマイマーの彩湖は言った。

……それが、タイトルですか？

理解しがたいながらもあたしがそう尋ねれば、ふたりは頷く。

「このサーカスにおける、演目の名前ね。正確には名付けはわたし達ではないのだけれど――。わたし達は演目に名前をつけ、その演目を背負う者は、その名前で呼ばれる」

だからあなたはアンデルセンなのよ、というようなことをパントマイマーのチャペックは言った。

アンデルセンって。

なんの人でしたっけ。『白雪姫』？

そんなことをあたしが聞いたら、ふたりは小さく笑った。愛想笑いとも、つきあい笑いとも違う、なんだろう……。優しい笑いだった。

「一番有名なのは『人魚姫』？」

「『マッチ売りの少女』じゃない？」

とにかく、そういう童話の。おとぎばなしを書いてる人だって。

ふたりの会話を聞いて。なるほど、とあたしは思う。可哀想な女の子の話を書いてた人なのね、と。

そういう風に見られるなら、そういう風に立つだろう、あたしは。

とにかく、あたしでも知ってる話でよかった。正直、ふたりの名前の由来はなんの人だか到底見当もつかなかったから。

そして、興味もなかったから。

ふたりはこれからはじまるのだというサーカスの本格オープンについての話に花を咲かせていた。おしにおしていたカジノシアターのオープンにあわせて、セントラルホールと呼ばれる、ホテルの併設ホールで行われるのだと。

「本当は専用劇場が欲しいんだけど」

「そりゃね、でも屋内になっただけいいじゃない」

「そう？　わたしはテントでやってみたかったな。やっぱり、サーカスって気がする」

あたしはぼんやりと中空を見ながら、これからのスケジュールについて考えていた。マネ島さんは確か、午後からは今回の歌をつくってくれる人の音楽事務所に行って、アー写の撮り直しもあると言っていた。好みのスタイリストさんをつけてもらえたらいいけれど。

「――ンは？」

そんなことをずっと考えていたものだから、自分に声をかけられているとは思わなかった。顔を上げると、チャペックがこちらを見ていた。

「アンデルセンは？　お昼はどうする？　よければ近くの店を紹介するけど」

あたしはふわりと笑って、行きません、とこたえる。

――あなた達とは、ご飯を食べません。

そのあたしの返答に、二人は化粧けのない目を丸くした。

あたしは他人のものみたいな自分の言葉が、流れているのを聞いた。

――ご飯も食べないし、あたしはうたいません。アンデルセンでもなんでもいいけど、呼びたいように呼べばいいけど、うたわないんです。

「どうして？」

子供みたいに、聞いたら教えてもらえるんだとばかりに重ねて聞くから。

あたしはもっとおかしくなって、言ってしまう。

――病気なんです。歌をうたおうとすると、声がでなくなる、病気なんですよ。

だからうたえないんです。もうずっとそうなんです。

それなのに、歌姫なんて、本当におかしいですよね。どうして吾妻シオン、降板しちゃったんでしょう。

ふたりは顔を見あわせる。

あはは、とあたしは心の中だけで思った。あはは、と笑いながら思った。

ブスだな。

別に、悪口じゃなく、そう思った。

「またやったわね」

マネ島さんはあたしを車にのせるなりそう言った。あたしは肩をすくめる。空調が効きすぎている車内には少し煙草のにおいが残っていた。煙草が嫌いなあたしはわざとらしく咳払いをしたけれど、マネ島さんはいつもみたいに形だけでも謝ることはしなかった。

「最近はあなたのその『病気』、出てないみたいだから安心してたのに。どうしてまたそういうことを言うわけ？　仕事をなんだと思っているの？」

仕事は、仕事だと思ってます。

けど、病気は、病気だから。治らないんじゃないですかね。

あたしはそう思ったけれど、実際に口からでたのはごめんなさいとすみませんのミルフィーユで。

マネ島さんの言う病気は、歌をうたうと声がでなくなるというあたしの病気のことではなかった。そんな「嘘」を、口からの出任せを、なんのためらいもなく言ってしまうのがあたしの抱えている「病気」だった。

紫のにおいのする煙を吐きながら、マネ島さんは「いいのよ別に」と苛立ちを無理やりおさえるようにして言った。

「別に、本当にうたわなくたっていい」

歌姫ってのは、便宜上の呼び名のことなのだからと。

「わたしもあなたに、うたえって言ったことなんてないでしょう？」

そうですね、とあたしは思う。

そうですね、本当ってなに？　本当にうたうって、どういうことですか。

それは、口にはださなかった。

「とにかく、あちらのマネージャーにはわたしの方からきちんと説明しておく。他のメンバーにも。まだ、聞いていたのが良識ある子達でよかったわ。本当に、きちんとしてちょうだい」

はい。

きちんとします。きちんと口をつぐんで。

よけいなことを喋らない、金魚に。

車はすぐに停められた。こんなに近い場所なら、歩いた方がはやかったんじゃないだろうか、というのが、顔にでていたのだろう。

「言っておくけれど、特区では絶対にひとりで出歩かないで。わたしがいなければ向こうのマネージャーに言えば誰かついてきてくれるはず」

週明けにはオープニング公演の歌姫としてあなたの名前がリリースに上がる。けれどそうなった時に、どういう風が吹くかはわからない、というようなことをマネ島さんが言った。

「暇な人間ってのはどこにでもいるものよ」

あたしはその意味がよくわからなかった。

火の輪をくぐるように、高所を渡るように、歌姫という役割にも危険がつきまとうのだろうか。

そうだとすれば、自分は、そこで。

どんな芸を、求められてるんだろう。

「おはようございます」

白い部屋の扉をあけたらそこにいたのは数名の大人だった。うさんくさいサングラスの男の人が踏みだしてきて言った。

「どうもはじめまして、有葉さん」

ミュージシャンであり有名曲を幾つも手がけているディレクターだというその人は、あたしにぺらりとした名刺を渡した。あたしは名刺というものが嫌いで、名前って覚えられなくて、だから全部マネ島さんにあげていて、でもそういうことじゃなくて。

そのディレクターさんの、後ろにいる人をあたしは見ていた。

白いシャツに、分厚い眼鏡の。

「……で、もう一度書き下ろして欲しいって話なんだけど、どういう風なのがいいとか、有葉さん的に希望はある？」

隣で行われていた会話に、いきなりひきずりこまれる。

あたしは視界のはじで、そのディレクターさんの隣にむっつりとした顔で座っていた人を見ていたけれど、一応話は聞いていた。

吾妻シオンに書き下ろした曲とは別の曲を、あたしに書き下ろしてくれるって話だった。

いいですよ、とあたしは言う。

シオンさんの曲でいいです。

「え」

とディレクターさんに言われたので、あたしはにっこり笑ってこたえた。

吾妻シオン、ずっと尊敬してて、ファンだったんです。もしも同じ曲をうたっていいって言われたら感激して泣いちゃうかも。

そのあたしの嘘を、病気を、今度は隣に座ったマネ島さんは止めたりしなかった。

それはきっと、その場において、みんなに都合のいい嘘だったからだろう。

「そういうことなら。いい曲だからもったいないと思ってたんだよ」

それからあたしは「その曲」のコンセプトを聞いた。少女だけのサーカスのオープニングテーマとしてふさわしいものになるだろう。この曲が街中でかかり、それだけでみんながサーカスを脳裏に思い浮かべるような。

素敵ですね、とあたしはこたえた。

素敵ですね。その時思い浮かべるのはきっと、あたしじゃなくてサーカスなんですね。

そういうことですね。

そういう風にうたうべきだと言うなら、そういう風になろう。そうあたしは思った。

打ちあわせはそれ以上は盛り上がることはなかった。ディレクターさんも新しく曲をつくらなくてよくなったし、だとしたらあたしのご機嫌取りぐらいしかすることがなくなってしまったから。

そうこうしているうちに「すみません」とマネ島さんが部屋から退席して、「ごめんね、ちょっとトイレ」と続くようにディレクターさんが出て行った。

トイレと言いながら、彼の手は胸元の煙草に向かっていた。世の中は煙草を吸う人にとって生きにくいけれど、あたしも煙草は苦手だからよかった。

そうして、あたしは「その人」と白い会議室の中でふたりきりになったのだった。向かいあわせではなく、斜め向かいで。

——なんでこんなところにいるんですか？

あたしは、首だけを回して、「その人」に言った。

——お花屋さん。

あたしだって特別物覚えのいい方ではないけど、つい数日前のことだから覚えている。

そこにいたのは、あの、卒業ライブにフラワースタンドを回収しにきたお花屋さんだった。

今日は、エプロンは、していなかったけれど。

はー、とめんどうそうなため息をついて、お花屋さんは言った。

「花屋はバイト」

バイト？　とあたしは聞き返す。

「いや、違う。こっち、がバイト」

こっち。

お花屋さんは、分厚いオシャレじゃない眼鏡をおし上げて、相変わらずの早口で。

「花屋は家の仕事。家業だから、手伝わないわけにはいかない。俺は色々器用なので」

色々、器用。

「そう、色々。頼まれればなんでもつくるよ。金魚鉢でもなんでも」

——だから、お歌もつくってるんですか？

あたしがそう尋ねたら、お花屋さん、目を背けた。

「……なんでそう思ったの」

おかしな話だった。隠そうとしていたつもりもなかったのだろう。そうじゃなきゃおかしいじゃない。だって、ここに座っているんだから。アルバイトの人が、ここにいるなんて。

でも、なんでそう、思ったかと言えば。

多分あたしは病気なので。同じ病気の人には詳しいんです。あの人、ディレクターさん、すごく自然に嘘をついてたから。全部嘘なんだろうと思ったんです。

「別に、嘘じゃないよ」

相変わらずお花屋さん、目をあわせずにぼそぼそ言った。

「その方が都合がいいだけ」

シャツのボタンを、窮屈そうにして。

「あいつとは学生時代にバンド……みたいのを組んでて、そっから、もう十年くらいあいつの手伝い（ゴースト）やってるけど、ただの小遣い稼ぎだよ。俺は家の花屋を継ぐつもりだし。けど、別に、趣味で……やってることが、誰かに喜ばれるならそっちの方がいい」

そういうものなんですか。そういうものかもしれないですね。あたしはわかんないし。

どうでもいい、です。

「どうでもいい、ね」

はい。

ゴーストとか。

嘘とか。

でもじゃあなんできたんですか、こんなところ。ああ、あたしに嫌味を言いにきたんですか？

金魚がアイドルの次は歌姫で、笑いにきたの？

「…………」

幽霊（ゴースト）のお花屋さん、目と目の間の皺を深くして、あたしから目をそらして言った。

「好きでこの仕事やってる？」

不思議な質問だった。この仕事ってどの仕事ですかってあたしは尋ね返した。少なくともシルスパは降りちゃった、し、今のあたしは一体何者なのかを知らないのだった。ただそう、出来ることがあるうちは、ここにいるつもりだけれど、ということは別に言いたいことじゃなかったから言わなかった。

　大好きですって。

　言ったら満足ですか？

「いや、好きでやってるんじゃないなら、それ以外の理由でも、辞めようとはしないだろうなって思ったから」

　お花屋さんは、眼鏡の奥の細い目でちらっとあたしのことを見て言った。

「吾妻シオンは本気だった」

　あたしじゃない、歌姫のお話を。

「俺らはなんで吾妻シオンが降ろされたか知らないし、その代役としてなんであんたがきたのかも知らないけど、シオンは少なくとも本気だった。この歌のためだったら、シオンはなんでもすると思う」

　テーブルの上の、ディスク。

　そこにどんな歌があるのか、あたしは知らない。

「ディレクター（あいつ）は賛成はしないだろうけど、俺はせめて、この曲はシオンに渡したいと思ってる」

　あたしはその言葉を聞きながら、スタジオの裏で待機しながら聞いた、吾妻シオンの美しい歌を思い出していた。

　唇が自然、すぼまる。息を止める。

肺、動くな。声、でるなって。

自分に言い聞かす。

そんなあたしの様子には、お花屋さんは気づかずに言った。

「あんたの、うたいたい歌があったら、俺がつくるから」

うたいたい、歌？

「金魚じゃなくて、あんたが」

あはは。

あたしは笑ってしまった。笑って言った。

ないですよ。そんなもん、ないです。

あたしがそう言ったら、お花屋さん、その返事を半分予想してたみたいだった。

今度こそ視線をそらして、なんかとっても不味いものを無理やり噛み砕くみたいな顔で
お花屋さんは早口で続けた。

「サーカスをやろうとしてる女の子達はみんな本気だ。傾きかけたこの国で、『本物の』

サーカスをつくろうとしてるんだろう。大人達の中で、自分達の力だけで」

だから？

だからこの歌はシオンにあげてって？　冗談じゃないです。マネ島さんが言うならそう
します。ディレクターさんが言うならそうします。でも別にあなたに言われてそんなこと
はしません。

あたし、本当の歌姫でも、なんでもないけど。

本気って、どんな気持ちか知りませんけども。

どうしてその時……聞いてもいないディスクを見て、そう言ったのかは、自分でもよくわからなかったけれど。

ディスクには、走り書きで、『サーカスへようこそ　デモ』とあった。その不釣り合いに綺麗な文字を見ながら、あたしは言う。

——でもこれはもう、あたしの歌です。


おはようございます、って言ってその夜音楽スタジオのドアをあけたら、そこにはパパがいた。

「なんだ、もうこないと思ったのに」

ってパパは言った。

やだなぁ、そんなこと言わないでくださいよお、ってあたしは言った。

はじめて『シルクにスパンコール』の曲を収録したのもこのスタジオだった。あの時はメンバー四人で、でもあたしだけ居残りになった。

『歌は、好き？』

室内でも帽子をとらないエンジニアさんはそういう風に聞いてきた。ごめんなさい、とあたしは言った。

ごめんなさい、へたくそで。

『ああいいよ、それは大丈夫』

レコーディングとミキシングをまかされていたエンジニアさんは、小刻みに何度も頷いて言った。

全然いいんだよ、って。

『こだわりがないなら全然いいんだ。好きに歌って。さっきみたいに、音程外れでもいいよ。うん、声量はもうちょっと安定して欲しいかな』

音程も。

テンポも。

なんだっていじれるよってエンジニアさんが言った。

『まかせてくれたら、あとは全部僕がなんとかするよ』

君はそうだね、口だけあけていればいいよ、って。そういうの、言うと怒る子もいるからさ、君はどうかなって。

その言葉にあたしは笑ったことを覚えてる。

――いいです。全然。嬉しいです。

そして笑って言って。

――エンジニアさん、じゃあ、この歌の、パパですね。

「パパ」は笑った。あとから聞いた話だけれど、エンジニアさんには、離婚した相手との間にあたしみたいな娘がいたんだって。陳腐な昼ドラみたいな話でしょう。だから、なのかはわからないけれど、パパはその嘘を気に入ったんだと思う。

キスをしなくても服を脱がないでもお酒をつがなくても。

あたしに目をかけてくれるようになった。

あたしは曲をもらうたびここのスタジオで別録りをして、パパに『なんとか』してもらってきた。

金魚の歌。

金魚を、育ててくれたのはパパだ。

パパはあたしにボイトレに行けとか、自分でうたってみたいと思わないのとか一度も聞いたことがなかった。

『歌声なんて波形だからね』

って、おっきい椅子に片膝をたてて座りながらパパは言う。あたしはガラスをへだてた録音ルームで、サンプルだけ録る。声量も弱い、外れっぱなしの音階で。声色だけとびきり可愛くして。あたしの声をしたあたしじゃない歌が、CDで、音楽番組で、ライブで、あたしに降ってくる。

金魚のあたしは、腰を振って口を開く。

「――うるはちゃん」

録音ルームで準備をしていたら、パパの声。

「この曲、聞いた？」

あたしのもってきたディスク。幽霊のお花屋さんが、シオンのためにつくった歌。

ううん、ってあたしは首を振った。

興味ないですし。

「うるはちゃんはそうか。そうかうーん、さすが有名どころにまかせてきただけあるな。

けど、ちょっとこれはうるはちゃんには荷が重いと思うよ」

ダンスもなく、ソロでこれかぁ、とパパは珍しく悩みこむような顔をした。

あたしは聞かせて下さいとは言わなかった。聞きたくもなかった。

そうなんですか。じゃあパパに頑張ってもらうしかないですね！

「簡単に言うけどねぇ、君」

パパ、嬉しそうだった。そう、我が儘を言われるの、好きだものねパパ。

──ねぇパパ。

だから、あたしも、パパの期待に応えてあげる。

──お願いがあるんだけど。

「なんだい？　珍しいね」

あたしは淡く笑って言う。

──シオンみたいに仕上げて欲しいんです。

「シオンって、吾妻シオン?」

そこでパパ、なにかに気づいたみたいに椅子から腰を浮かせて言った。

「ほんとだ。このサンプル、吾妻シオンじゃないか!」

ほら、聞いてご覧、とパパの前にあるパソコンと、あたしのヘッドホンをつないだ。パパは興奮していたから、あたしがヘッドホンをとる暇をくれなかった。

耳に流れ込んでくる。アメーバみたいな、音。甘い声。泣きそうな、か弱くてでも、心の強い声が。

侵食する。

――永遠をちょうだい

永遠をちょうだいと、その歌は、繰り返し繰り返し乞う。

これは願いの歌であり祈りの歌であり呪いの歌であり欲望の歌だと思った。心の歌だ。

永遠をちょうだい。永遠をちょうだい。愛して欲しいの。あなたの中で。生きさせて欲しい。

健康じゃない、身体に悪い、煙草みたいな、アルコールみたいな、ドラッグみたいな歌だと思った。

『吾妻シオンは本気だった』

この歌をつくった幽霊さんはそう言った。

本当の歌姫。

本気で、本物の歌。

あたしとは、まったく違うもの。

自分の胸ぐらを摑む。目玉が、震えて回っているのがわかる。

──馬鹿みたい。

「え？」

聞き返すパパに、あたしは笑って言う。うまく笑えているのか、自信がなかったけれど。

とってもすてき。

自分の中に台本を書く。本当のことなんて言わなくていい。あたしはあたしを欺して、ずっとそうやって生きてきたんだから。

本当のことなんて、ひとつの言葉もいらない。

──とってもすてき。あたしもこんな風にうたいたい。ねぇ、このままうたいたいの。

シオンの歌を、数字にして。波形にして。あたしの声にあわせて下さいって、言ったんです。

あたしの言葉に、パパは、頰をひきつらせるようにして。

「殺されそうな仕事だな」

と言った。

うん。

そうだね。でも、大丈夫よパパ。

閻魔さまには、あたしがよろしく言っておくね。地獄にはちゃんと、ひとりで落ちるから。

だからあたしの、あたしの歌声をつくって。嘘の。偽物の。金魚の。

本当のことなんて、あたし、だいきらい。


翌日、あたしの名前と新しく撮りおろしたばかりの写真がリリースの形ででた。

サーカスの処女公演の詳細と一緒に。『少女サーカス　歌姫就任』と銘打たれたリリースの見出しがあたしの周りの空気をかえて、あたしはそのかわりゆく空気を身にまとうようにメイクをかえる。

こういうやり方は、よく知っているから。

そしてその翌日には、手のひらをかえすように『カジノの歌姫　疑惑の降板』というニュースが流れた。

みんな好き勝手言うのだろう。本当のことなんて、なにひとつ必要とされていないのだろう。

あたしはサーカスの広告塔としてかりだされることになった。これまでとは比にならないくらい、決められた台本を読み上げるインタビューが続いた。こたえは最初から決まっていて、あたしは金魚というよりもっと、壊れたロボットみたいだった。

部屋の冷たい寝床にもろくに帰らず、シルスパのライブツアーの時みたいに、バンの後ろで丸くなって眠った。昼夜もなく。

まどろみの中で、あたしは自分の携帯電話が鳴るのを感じた。

アラームかと思って、胸の上から携帯をとりあげて、着信だと気づいた。画面もろくに見ずに、通話のボタンをおして。

はい、もしもし、と我ながら潰れた猫みたいな声で言った。

『はまなさん？』

夢の続きみたいな声がした。

まだ夢なのかもと思った。だれ？　と聞いたのは、すぐに思い浮かんだ名前が、そんなのありえないって思ったからだ。

『ごめんなさい、人から番号を聞いて、いきなりお電話差し上げて』

今、いいですか？　って、名乗りもせずに聞いてきた。その言葉が不思議と、あたしに確信をあたえた。

――吾妻シオン？

さん、ってつけ忘れた。本気の、本物の歌姫は、小さな携帯電話の向こう側で、なにひとつ心のこもっていないごめんなさい、を繰り返した。

『ええ、いきなりごめんなさい。一度お話をしたくって』

わぁ嬉しい、ってあたしは言った。心の中で台本をめくって、いつか喋った言葉を、繰り返したに過ぎなかった。

ずっとそんけいしていて、ふぁんだったんです。

でも、吾妻シオンはあたしのそんな台詞なんて聞いてはいなかった。歌をうたう時よりも何倍もこわばった不自由な声で。

『あの音源、どういうことですか』

そうあたしに尋ねた。

どういうことって？　とあたしは聞き返す。

『サーカスへようこそ』というあの曲はすでにパパによってあたしのサンプリングでつくられ、誰の取り決めかはわからないけれどすでに音源は関係者の間を回っているらしかった。またそれが、週刊誌の記者の中で話題になっているらしかった。

降板した、吾妻シオンの歌声と似すぎているって。

パパはつまり、あたしのオーダー通りにとっても優秀な仕事をしてくれたということだった。

『あんなもの出して、恥ずかしくないの？』

吾妻シオンは段々と語調を強めた。

もしかして酔っていますか？　ってあたしは失礼なことを思った。お酒か、それ以外のなにかに。

ああ、自分に、かな。

『許さない』

そうじゃなければこんなこと、素面じゃ言えないはずだってあたしは思ってた。

『あれは私がうたうはずだった歌なのよ』

それはそれとして。

美しい声だなとも思っていた。

永遠をちょうだい。

あたしの耳にはまだ反響している。今聞いている電話越しのリアルタイムの声よりももっと、鮮明に。

あなたの、歌が。

永遠をちょうだい。

あなたがあの歌をうたったら、それはさぞ、お似合いだったことでしょう。だって、あなたのための歌だったのだから。

『泥棒』

ポップコーンでもはじけるみたいに、吾妻シオンは続けて言った。

『地獄に落ちるわ』

あたしは笑ってしまった。笑って、さすがだなって思った。本物の歌姫さまは、下品な言葉にも気品が満ちて。

　本当のことしか言えなくて、かわいそう。

　あたしはもう一度、自分の中の台本をめくって、パパに言ったのと同じように言った。

　大丈夫ですよ。

　閻魔さまには、あたしがよろしく言っておくわ。地獄にはちゃんと、ひとりで落ちるから。

　ねぇだから、ぜひとも見にきて下さい、サーカス、でいいんでしたっけ。初日、関係者席で――そう言う途中で、通話は切れてしまった。

「誰から？」

　マネ島さんが、車のドアをあけながらあたしに尋ねる。

――おともだち。

　あたしはそういう風に、また嘘をついて、車から降りる。

　これからなんでしたっけ、インタビューでしたっけ、撮影でしたっけ、なんか聞いたけど、忘れちゃったんですけども。

「会食」

　ああ、ご飯。一番嫌いなやつだなとあたしは思った。ご飯、人と食べるの、好きじゃない。

　きっと偉い人なのでしょう。テレビ局の人とか、スポンサーの人とか、よくわかんない会社とか事務所とか色々。

「あなたの好き嫌いはどうでもいいけど」

マネ島さんは、車からおりたあたしの肩を、いつもより強めに摑んで、言った。

「今夜は特に、余計なことは、絶対言わないで」

ふぅん、とあたしは思った。リップを確認するふりをして、自分の唇をなぞる。金魚の口には、蓋ができない。そんなことを思いながら、あたしは夜の街、灰色のビルの中に入っていく。

雲の上を歩くような絨毯の敷かれたエレベーターにのって通されたのは、ドアの前に人が立つ、塊のお肉を食べる店だった。

油で光る鉄板が、丸い虫の背のようだと思った。あたし達の他にも、滅多に言葉を交わすことがない事務所の社長がいた。おはようございますってあたしは挨拶をしたけれど、社長はせわしなく電話をかけながら頷くだけだった。

それから何人かの、スーツの男性。会ったことがあると思った。ええと、確か、カジノをつくってる、偉い人達。

でも、あたしの向かいはずっと空席だった。大人達は、マネ島さんも含めて、あたしの頭上で、あたしなんていないものみたいにして喋った。

それからしばらく、肉が焼かれることもなく時間が経って、唐突に入り口のドアが開かれた。

わかりやすく、大人達が腰を上げたから。あたしも空気を読んで、立ち上がった。

部屋に入ってきたのは爽やかな色のジャケットを着たちょっと大柄な男性で、なんていうんだろう。身体の大きさとは関係なく、存在感のある人だった。キャリアがある芸能人、とも違う。お金をもってる人特有の清潔すぎる感じと、余裕があった。

「お疲れ」

挨拶をはじめた大人の言葉をそんな風に遮って、その人は、まず店に入るなりご飯のことを口にした。子供みたいだった。

「サンドイッチにしてって伝えてくれよ。ナイフとフォークの気分じゃないんだ。あとアイスコーヒーとレモネード、先に」

周りの大人達が慌てて、「じゃあ僕らもそれで」と追従した。多分彼を待ってみんな、お肉を焼く店でお肉を焼かずに座っていたと思うのだけれど。

「鷲塚先生、はじめまして、この子が……」

マネ島さんが隙をついてすべり込むみたいにあたしの肩をぐいっとおして言った。

「ああ。新しい」

とだけ、彼はあたしの剝き出しのおでこの辺りを見て言った。あたしはニコニコしながら自分の名前を告げた。聞いてはいないだろうことは、確かめるまでもなくわかった。

それより気になったのは、あたしのことを「新しい」と表現したことだった。

つまり、古い、を、知ってるってことで。

あたし、なにも言わなかったんだけれど。その「先生」はあたしの目にうつった言葉を読み取ったらしかった。

会話をする時間を惜しむように、勝手に喋った。

「ああうん、前の歌姫殿にご退場願ったのは確かに俺だよ。ちょっと彼女の母君が通じてた相手が問題でね。俺にも立てたくない顔があってさ」

ははぎみ。

もんだい。

ええ、そうなんですか、という顔を崩さずにあたしは聞いた。なにを言っているのかは、ひとつもわからなかった。

「周りは最後まで反対してたね。代理店が一番うるさかったか。結局確かめるために暴かなくてもいい枕営業まで暴くことになったわけだけど、あれを不愉快だと感じているのは俺の個人的な感情だから、カジノから手を引くなら不問に付すさ。どれだけ音楽の成績が見事でも、ちょっと野心が強すぎたってところかな。あんなに上手い人間が、耳の肥えたセレブリティだけじゃなく凡百にまで愛されるためにはもちろん、レベルをあわせたオーディエンスの啓蒙活動が必要なんだろうがね」

あたしは彼の、よく喋る口を見ていた。話はわからなかったし、興味もなかったから。

あたしの蒙昧を気にすることもなく、彼は言葉を続けた。

「だから、君は多分ものすごくいろんな人に恨まれると思うよ」

それならわかる、とあたしはその時思った。

あたしがいるべき場所じゃないから、あたしがいたら恨みを買う。でも、それは当然だと思う。

だって、あたしじゃないから。

それを言われてるのだって、あたしじゃないと思います。だからどれだけ恨みを買ったっていいんです。罵られても、馬鹿にされても、憎まれたっていい。

そんなようなことを告げた。周りがぴりぴりしているのが、肌でわかった。でも、その先生はレモネードの方を勢いよく飲みながら、

「ああ、そういう」

と言った。理解のはやい人だった。

そこでパンより分厚いお肉を挟んだサンドイッチが運ばれてきて、彼は右の頬を膨らませながらそれを食べた。

「悪くないね。確かに君、新しい方の人間だ。新しい人間は嫌いじゃない。オールドタイプよりニュータイプだ」

神経質に指を拭きながら、「君は金魚なんだって？」とステーキにマスタードをのせる気軽さで彼は言った。

「外野の評価も、将来の成功さえ、どうでもいいんだろう。捨て鉢な楽観的さ、俺はそこがいいと思ったんだよね」

機械仕掛けのニュータイプはリスクが低くて安心出来る、と彼は続けた。

いいか、君達は装置だよ。

毎日、完璧なプロの仕事で頼むよ。

よく喋る人だな、とあたしは思っていた。

学校でもないのに大人達から先生って呼ばれて、あたしみたいな金魚とは違う。きちんと自分の言葉を自分で喋ることが出来てるって自信があるから、こんなにもお喋りなんだろう。

そしてその人はあたしではなく周りの大人を見渡した。

「何度も言っているけどね、俺はあの見世物の、悲痛なウエットさがどうにも性にあわないんだ。不安を煽られる。そういうのは求めてない。もっとドライに売りものにして欲しいよ」

大人達は曖昧に笑った。下手くそだなってあたしは思った。みんな嘘をつくのが下手くそだし、本当のことを言うのも下手だ。そんなことで、どうやってお喋りをしていくのだろう。

そしてその人はせっかく頼んだサンドイッチを半分残して立ち上がった。アイスコーヒーだけを手にもって。

「挨拶は済んだよね」

別れの言葉も言う気はないのだろう。だからあたしはすべり込むように言う。

オープニング公演には、きてもらえますか？

ヒリヒリと、鉄板で温められるはずだった、冷え切った空気が頬を刺す。みんなが緊張しているのがわかった。でも、あたしはこれが台本だと思ったので。自分の仕事をしただけだ。

ライブには偉い人をひとりでも誘うべきでしょう？　そうするのが、あたし達のこれまでの営業だったもの。

先生って、呼ばれるような人なら、なおさら。

ふっと彼は、鼻で笑った。そういう下品な仕草も、どこか上品だった。

「行かなきゃ駄目？」

そして眼鏡の奥、片目の大きさを半分にして「暇じゃないんだけどね」と笑った。慌てた周りの大人達がなにかを言おうとする前に、きてもらえたらとっても嬉しいです、と笑う。

馬鹿の笑いだ。そういうのは得意だ。そして相手も、そのあたしの馬鹿さを、ちゃんと見抜いてくれたようだった。

「ご苦労さま」

そう、ねぎらってくれた。あたしのこの、涙ぐましい営業活動への、確かなねぎらいだと思った。

「まあ、そういうスケジュールだったら行くけど」

彼は大げさに肩をすくめて、唇の端を小粋に曲げて笑いながら言った。

「いいかい、君達がどんなエンターテインメントをつくりだそうと、本物の快楽には勝てないよ」

じゃあね、バイ、と一言残して、振り返らずに彼は大人数をひきつれて店から出て行った。出て行った部屋には大人達のため息が満ちた。マネ島さんは親ガモについていく子ガモのように、彼を追った。

あたしはひとりでお肉屋さんでお肉も食べずに、汗をかいたグレープフルーツジュースを見ながら思っていた。

ほんもの。

またでた。

本物の歌、本物のアイドル本物の夢本物の欲望本物の心本物の言葉。

気が遠くなる。

どうでもいい、と思う。あたしにはこの場所しかないから。あたしの愛したものはひとつしかないから。他はもうみんなどうでもいいんだ。

水みたいになったジュースを口にする。苦みだけが、口内に残った。

入り口の一ヶ所以外開かれたところのない体育館で、風を切る音がしている。

窓の外は夜。その暗さとはうってかわって明るい体育館の中を、人が飛んでいる。宇宙空間みたいに、ゆっくりと。その姿に目を奪われる。

綺麗な曲線を描いて。

手が離れる、空中で回り、もう一度ブランコに手をかける。

けれど、届かない。

――届かない。

ブランコ下の網から降りてきたブランコ乗りは、浮かない気だるい表情をしていた。あたしは自分が夢の中にいるみたいなふわふわした気持ちだった。

「どうしたの？　こんな時間に」

二本足で地面に立つブランコ乗り。その姿に違和感を覚える。

ええと、マネ島さんが用があるって。マネ島さんを待ってるんです。

そう言ってから、少し考えて。

だから、あなたを見ていたんです。

と言った。その言葉が嘘であることに彼女は気づいたのか気づかなかったのか、汗をふきながらスポーツドリンクを飲んだ。

体育館には他に誰も残ってはいなかった。

あたしはその横顔を見ながら、怖くはないんですか、と聞いた。自然と口からでた言葉だったから、多分、聞かれたがっている、と思ったのかもしれない。

マネ島さん達が他の偉い大人と話してました。ブランコ乗り、リスクが大きすぎるって。そこまでやる必要があるのかって。きちんとした会場を用意してからの方がいいんじゃないかって。

安全じゃないですよ。

彼女はあたしの方を振り返らずに言った。

「怖いか、な……。そうね、怖いかも」

主のいない、ブランコの方を向き直って。まぶしさを感じるように目を細めて彼女が涙でもこぼすように言う。

「でも、私は飛ぶ。そう決めたから」

崖の上から踏みだしたなら、それはもう飛ぶ以外に方法はない。たとえ鳥じゃなくても。そんな横顔だった。

「強がりに聞こえても仕方ないけど、落ちることは怖くはないんだ。でも、失敗することを考えると、怖くなる。ゲリラ公演だって、成功とは全然言いがたかった。大きな怪我にならなかったのは、運がよかっただけ」

落ちることは怖い、とブランコ乗りは言った。

それが怖いのは、痛みではなく、羞恥でもなく、失敗だからだ。演目として。サーカスとして成功ではないからだ。

「お前の演目には価値がないって……そう言われるのが怖いのよ」

その言葉に、あたしは一瞬指先を上げかけて、おろす。

——あのね、とあたしは言う。

あなたが百点満点のステージをしたって、誰かはそう、言うんです。

世界一の技を決めたって。

魔法みたいに飛んだって。

きっと誰かは言うのでしょう。あなたに価値なんてないって。

それが、人の前に立つってことよ。

あたしの言葉に、ブランコ乗りはビー玉みたいな目を丸くした。あたしは心の中で彼女を笑った。

おかしな人。

ブランコから落ちることは怖くないのに、喝采に刺されることは怖いの？

じゃあ、落ちない方法も教えてあげましょうか。絶対に失敗しない方法が、ひとつだけあるのよ。

あたしはそれを知っている。教えてあげましょうね。

——飛ばなければいいの。

人前になんてでなければいいんです。それで解決。そうでしょう？

あたしの言葉に、臆病なブランコ乗りは少し啞然として、それから、ふわりと笑った。

少しだけ泣きそうな笑みで。

「本当ね」

と言った。それはその通りだと。

うん、そうよ。でも、安心して。

あなたがあそこから落ちて血のような涙を流したら、それはそれで喝采にかわるでしょう。

血を流すさまは美しく、伝説にだってなれるかもしれない。

それでしか、伝説にはなれないかもしれない、が正しいかもしれないけれど、それは、あなた次第。

ブランコ乗りは感嘆のようなため息をついて、噛みしめるように目を閉じた。そして息をするかわりのようにペットボトルの水を一口ふくんで、ぎこちなく笑いながら言った。

「アイドル、って」

どんな感じだった？　って。

ステージって。喝采って。人の前に立つって。

「きたばかりであなたには本当に申し訳ないけれど、団員はみんな、ずいぶん助けられているの。マスコミの取材が、あなたに集中してくれたから……」

そう、とあたしは思う。

あたしのことを知っているなら、あたしがどんなアイドルだったかも知り得ているのだろう。この歌姫の交代劇が、どれだけ悪し様に世の中にののしられているか。

でもブランコ乗りは、ブランコを見ていた。

だからあたしもブランコを見ながら、自分の生きてきたステージのことを思い出していた。

きらめき。ひかり。心臓の音。満員のライブハウスも。お客さんが誰もこっちを見てない野外ステージも。全部宝石みたいにキラキラした思い出だった。それらを表現する言葉があるのならば。

青春のすべて。

それから——。

あたしの嘘、そのものでした。

あたしはそれをはじめて言った。はじめて認めた。嘘ばっかりってこと。本当のことはひとつもなかったってこと。それでも。

だから生き残ったんだと思います。

だから死ななかったんだと思います。

本当とか本物とか、大嫌いです。一番大事なものを人に見せるのなんて絶対に嫌。だって表にだした瞬間、よいものはよいほど。わるいものはわるいほど。どっちを向いたって、めちゃくちゃにされるの。あたし知ってるんです。だから。

あたしは、嘘を——。

ずっとずっとこれからも嘘を——。

「うん」

あたしの言葉を遮るように、ブランコから降りたブランコ乗りは、深い頷きをした。それから。

「私、あなたがどんな歌をうたってても責めないわ。誰にもなにも、言わせない。あなたがサーカスにきてくれたことを、歓迎する」

そんなことを言った。そんなこと、言われるなんて思いもしなかった。それからブランコ乗りは先生みたいにママみたいに、お姉ちゃんみたいに妹みたいに、マネージャーさんみたいにトレーナーさんみたいに、天からの声みたいに言った。

「だから、どうか――……あなたは、あなたの大切なものを守って」

誰にも譲らないで。

手放さないで。

どんな嘘をつき、人を、自分を騙してでも。

あたしにしか守れないものを、守りなさいって。

そんなことを言われて、あたしは醜く顔を歪めることを止められなかった。

駄目だ。いけない。こんなところで。無様に、泣くな。

嘘をつかなきゃ、駄目だと思った。こういう時のための、自分の喉でしょう。自分の口でしょう？　そうじゃないと。

見抜かれてしまう。

でも、嘘をつくためのあたしの唇はただ震えて。

声が、でない。

唐突にあたしは、このブランコ乗りは、本当はブランコよりも大切なものがあるんじゃないかと思った。いや思ったんじゃない。わかって、しまった。

でもそれはなにかなんて聞けなかった。聞きたいわけでもなかった。あたしのことを聞かれたくもなかったから。

あたしは揺れる視界を無理やり閉じて、唇を引き結んで、考える。

一番大切なものを。いつまで隠して、生き延びるんだろうって。

オープンしたばかりのカジノは、大人ばかりのテーマパークのようだった。新鮮で刺激的な欲望を得ようと、ダンスを踊ろうと、国内外からたくさんの人がきている、らしい。これが成功なのか失敗なのかは知らないけれど、朝からテレビの中はカジノの話題でもちきり。ウェルカムセレモニーのテープカットにはあたし達も出て、その映像はワイドショーだけで二十回は流れただろうか。

はじまりはしたけれど、まだこのエリア内には建設中の建物もたくさんある。未完成ではなく、これから成長していくのだと偉い人が言う。大人はみんな、都合のいいことしか喋らない。あたしと一緒だ。街からは、ちらかした玩具箱みたいに軽快な音楽ばかりが耳につく。メリーゴーランドに迷い込んだみたいだった。

　でもあたし達は、外の喧噪からは切り離されていた。サーカスのお披露目公演となる、セントラルホテルから一歩もでずに。リハーサルから続く、取材、取材、取材。マネ島さんは、マスコミ対応のほぼすべてをあたしに任せるつもりらしかった。

　台本通りに喋って、可能な限り愛らしく笑う。それがあたしの仕事で。他のメンバーは、サーカスの演目の復習を最後まで続けるのだという。

　今日もブランコ乗りは飛ぶのだろう。

　たとえあのブランコから落ちても。誰かから刺されても。

　あたしは最初に一曲をうたい、オーラスのカーテンコールにでるのだということ以外、サーカスの中身をなにも知らなかった。知らなくてよかった。その分、関係者への挨拶も全部あたしの仕事だった。全然、まったく、苦ではなかったから、適役だった。

　たくさんの人に挨拶をした。あたしの知ってる人もいっぱいいた。パパもきてくれた。音楽プロデューサーの人も。それから事務所の社長も、昔のマネージャーさんも。シルクのメンバーは、誰も、こなかったけれど。

　あの「先生」はテープカットにはいた。けれど、こちらのことは見なかったし公演にきてくれるのかはわからない。

　驚いたのは、遠くに吾妻シオンを見つけたことだった。きて下さいと言ったのはあたしなのに、いるとは思わなかった。週刊誌の騒ぎだって知らないはずがないだろうに、堂々と、きらめくようなナイトドレスで、自分こそが歌姫だという顔をしていた。あの小さな頭を、細い首を、少しとがった肩を、見間違えるわけがなかった。

　マネ島さん、あれ、って言ったけれど。

「駄目よ」

　返事はその一言だけ。

　ちぇ、と思った。あたしはちょっと残念だった。たとえばシオンがあたしを本当に刺したかったら、今がチャンスだったかもしれないのに。刺されるくらいはされてもいいと思っていたのに。

　それくらいはいいよ。あなたの本当に欲しいものを、あたしは返さないのだから。

　そして取材の合間を縫って、あたしはセントラルホテルのエントランスを見に行った。

　そこにもしかしたら、いるかもしれないと思って。

　やっぱり、いた。

　こんにちは、とあたしは言った。

「オカモト生花店」のエプロンをつけて、首からパスをかけて頭にはタオルを巻いたその人は、振り返らずに「なにしてるの?」って聞いた。

　お花、見にきてるんです。

　あたしはそうこたえた。お花屋さんが並べているのは数々のフラワースタンドで、芸能事務所やテレビ局以外にも、見たことのないような会社の名前が並んでいた。

それは、あたしに向けていつも贈られていた花とは違っていて。豪華で、どこか淡泊だった。

――思うんですけどあたし、多分贅沢なものをいただいていたんですね。いつも、おっきなお花だなって思ってたばかりで、全然そんなのわかってなかったんですね。

あたしの言葉に、お花屋さんは、おっきなため息をついた。

なにそれ。わざとらしい。

それからお花屋さん、立ち上がってあたしに向き直って言った。

「頼む」

分厚い眼鏡の奥の視線をそらしながら。周りに誰かがくるのを気にしながら、早口で。

「あの歌は捨ててくれないか」

と言った。

お花屋さんの幽霊さん。多分あたしの知るよりもたくさんの名前と顔をもつ人。器用で、本当の才能のあるあなたが。

あたしに頼み込む。

「今日の公演、吾妻シオンもきてるんだろう。ずいぶん不安定になってるって聞いてる。正直、あんたの顔を見たらなにをするかわからない。今なら俺達の口から彼女に伝えられる。あの歌のかわりに、どんな歌でもつくる。金はいらない。誰かの名義が欲しけりゃ名前だってもらってきてもいい。あんたが満足いくまで何度でもつくりなおす」

頭を下げるのは、一体誰のためだろう。

「このままじゃ、あんたが吾妻シオンに恨まれるだけだ」

責任を感じているの？　自分のつくった歌だから。

幽霊のくせに。

そうなじったわけではないけれど、あたしの目にうつるその言葉を的確にすくい上げて、目をそらしてお花屋さんの幽霊は言う。

「俺は、別に、俺の名前で歌が売れて欲しいなんて、思ったことはない」

そうでしょうね。決して人前にでない、ずるい人。

その人が、ぐっと拳を強く握って、あたしの方をまっすぐ見た。

「だけど、花が心なように、歌も心だと思ってる」

ああ。

そう、なんだろうな。

花と歌を、愛した人。

綺麗な人だなと、あたしは思った。全然格好よくない。なんなら小太りの冴えないおじさんなのに。綺麗な人だなって。

その、心の綺麗な人が、あたしに言う。

「あんたは、あんたの歌をうたうべきじゃないか」

そうか。あなたはあなたの大切なものを晒して、そしてあたしを説得しようと試みているのでしょう。
あたしはにっこりと今日何度も繰り返した笑みを浮かべる。
その笑顔を見て、お花屋さんは痙攣するみたいに顔を歪める。
「あんた、なにが欲しいんだ？」
うん、そうね。
あたしは自分でも、もう、嘘か本当かわからない言葉で言う。
いつか、お花をくれませんか。
あたしに。
あたしのための花を。
あなたがあたしを本物だと思ったら。その時に。
返答は困惑だった。呆れたように、青い顔で、かすれた声で問い返す。
「……歌は？」
あたしは笑顔をくずさない。
地獄には、ひとりで行くけれど。その時に抱いていく歌は、自分で選びたいの。

欲しいものは手に入れられない。小さな頃から、ずっとそう。だから欲しがっちゃ駄目。
本当のことは絶対に口にしちゃいけない。誰も守っちゃくれないから。誰も大切にしてくれないんだから。

アイドルになりたい。

センターになりたい。

愛されたい。

――誰に？

あたしはとびきり上等なメイクで、本物のシルクみたいな服で、リボンだけが赤で、幕が上がるのを待っている。

真っ暗な場所で。自分だけの立ち位置で。合図とともに幕が上がったら、オープニングがはじまる。

お辞儀もいらない。挨拶もいらない。そもそもスタンドマイクにはスイッチなんて入ってない。オフの緑は、安全の緑だ。

ここで口を開いて、精々メランコリックな顔でうたうマネをすればいい。

金魚みたいに。

吾妻シオンみたいに。

本物でもなんでもないけれど、安全な、出来あいの歌姫になれるだろう。それでどこに行くのかは知らない。行き先なんて、地獄でいい。

このサーカスの未来もわからない。彼女達のように命を賭けて飛ぶこともない。

誰にも祈らない。

なにも願わない。

ブザーが鳴る。片耳につけたイヤモニからは聞き慣れたクリック音。それを合図にして、前奏が流れ始め、幕が上がる。拍手がまるでさざ波のように幕の下からステージにすべり込んでくる。

隠されていた、客席が明かされる。

ずらりと並んだ人間の頭。奥にはこのステージのためにもち込まれた音響卓や照明卓も見えた。近くの関係者席にはマネ島さんの姿はなかったけれど、何人か見知った偉い人の顔も見えた。

あの、お花屋さん、も――。

バチン、と音がして、あたしにピンスポットがあたる。

ああ。

ひとりぼっちだ、と改めて思った。

なんて贅沢なひとりぼっちなんだろう。

そして、歌が――はじまる。

はず、だった。

あたしは半分に口をあけたまま、硬直していた。声が、でない。そんなはずはなかった。それはただの嘘だ。

歌を、うたおうとすると、声がでなくなるなんて。

嘘からでたまこと。

劇場の客席のうしろ、うつしだされる、大きな黒い影。それがまるで、この劇場を喰らう獣のようだった。

オオカミが。

オオカミがきたぞ。

でも、そんなはずはないのだった。

あのオオカミは……あたしの影。嘘をつき続けた、あたしの嘘、そのもの。

前奏はそのままだった。でも、最初のAメロ、そこにのっていたはずの、パパのチューニングしてくれた金魚の歌だけが、流れてこなかった。

客席は気づいてない。まだ。ただひとり、視界の中で、お花屋さんは腰を浮かした。

音響さんのミス？

いいえ。違うと思う。その予感を裏付けるように。

イヤモニから、声が、した。

『降りなさい』

美しい声。

本来であればこのメロディーにのる、はずだった。

『あなたじゃ無理』

本当の、本物の歌姫が。

『それは、私の歌だから』

イヤモニの向こうで、少し揉めるような声がしていた。

けれどそれを振り払い、その目を爛々と光らせこちらに向かってくる影がある。客席の間から、堂々と、ステージに向かって。

──吾妻シオン。

彼女は多分、音響スタッフの数名さえもとり込んで、自分の味方にして、歌唱の入っていない音源を流させたのだ。

そんなことをどうしてと聞かれたら、その理由は簡単だ。あたしにだってわかる。

歌姫の座をとり戻すために。

あたしは彼女の方を見ていた。こちらに向かってくる彼女の、その爛々とした目を。強く燃える、炎のような瞳は、どれほどこのサーカスに似合いだろう。どれほどこの歌に似合いだろう。

そうね、とあたしも思うのだ。

そうね、確かに、あの歌は、あなたのもの──だった。

あたしはまだ揉めるような声のしているイヤモニをおもむろにとり外し、捨てる。

〝音楽〟に、集中するために。

Bメロが終わり、あの特徴的なサビに入る、その瞬間、あたしは手を、動かした。指先に渾身の力を込めて。

マイクを、オフ（グリーン）から、オン（オレンジ）に。

時と場所には不似合いだけれど、あたしはその時、ママのことを、思い出してた。

永遠をちょうだい

そううたい始めた瞬間、客席が息を呑む、のが、震えた空気だけでわかった。

かつてママは言った。マイクをもった、小さなあたしに。

『本当に、可愛げがない子ね』

ママの結んでくれた髪にママの選んでくれた服、ママの塗った化粧でママの切ってくれた爪でママの言う通りに喋ってママの言う通りにうたったのに。

『そんな可愛げのない歌じゃ、誰もあなたを愛してくれないわ』

アイドルには、上手な歌なんていらないのよと、彼女は言った。

あたしのママは多分あたしの知らない若くて可愛かった頃、確かにアイドルだったんだろう。聞いたこともないし今後も聞くことはないだろうけれど、聞くに堪えない下手くそな歌声のアイドルだったことだろう。

あたしはママの血を引いていなかった。血統ではなく、与えられたのは願いと欲望だったのかもしれない。本当は、ママだって、こう、なりたかった。

生まれた時から、あたしの心の真ん中にあったのは。

歌、だけ、だった。

永遠をちょうだい

客席の間で、吾妻シオンが足を止めていた。もう一歩も踏みだせないでいた。その不自然な人影を、客席の誰も目に留めなかった。

座る人はみんなあたしを見ていた。

マイクにすがり、声をはり上げ、胸から、腹から、子宮の底からうたい上げるあたしを。

一番大切なものをママに否定された時に、二度と、他人の前でうたうことなどするものかと心に決めた。誰にも見せない。誰にも聞かせない。

そうすることで、絶対に誰にも傷つけさせない。

あたしの歌は、あたしだけのものだった。

でも、もう、止められない。

永遠をちょうだい

永遠をちょうだい

あなたの心、それだけが
わたしの生きる場所

――ありがとう。

心の中だけであたしは礼を言う。未だ誰も知らない「本当のこと」を抱えて空を飛ぶブランコ乗り。聞こえていますか。あなたのためにならうたおうと思ったの。

あたしの一番大切なものを……守ってもいいのだと、言ってくれて、ありがとう。

一曲をすべてうたい終えたあたしは、肩を上下させながら、涙を浮かべて客席を見渡した。

マイクのスイッチはまだ、入ったまま。うたい終わったあたしの吐息を拾っている。挨拶も自己紹介もいらないと言われたけれど、あたしはこれだけは言おう、と思った。


ねぇ、あなた。

どうか、あたしに、永遠というものを教えて下さい。そして。

囁きを、マイクにのせる。

「――愛してもらって、いいですか？」

あたしは、歌姫。
アンデルセンという、可哀想な、女の子。
そう、ここはあたしの、地獄の道行き。

サーカスへ、ようこそ。

幕間　Fからの手紙　Ⅱ

青山マリナさま

少女サーカス団
ブランコ乗りのサン＝テグジュペリ

改めて、オープニング公演の成功、おめでとうございます。

今、家に帰る電車の中で、興奮さめやらぬ気持ちでこの手紙を書いています。

本当に素晴らしい夜でした。

開演前に投函した手紙には書けなかったのですが、このオープニング公演にひとつだけ不安がありました。

それは、冒頭を飾る歌姫についてです。はまな有葉さまが歌姫として発表されて、わたしははまなさまについてたくさん調べました。ライブ映像も見たし、インタビューも読みました。最近の週刊誌には、たくさん彼女についての記事がありました。でも、そこには、……わたしを不安にさせるような情報がたくさん書かれていました。

馬鹿ですよね、わたし。はまなさまの歌も聴いたことがないのに、勝手に不安になっていたんです。今、心から反省しています。

マリナさまはオープニングをご覧になれたでしょうか。いいえ、同じサーカス団にいるのですから、きっと知っていることでしょう。

彼女の歌は、本当に素晴らしかったです。

永遠をちょうだいと彼女が叫ぶようにうたった時。

わたしは、流れる涙を止めることが出来ませんでした。

どんな理由と経緯があっても構いません。たとえ誰かのかわりであっても、彼女がこのサーカスのためにきてくれたことを神に感謝します。

失礼なことを書いていた記者は、きっと彼女の才能に嫉妬していたことでしょう。でも、きっとこれからはあんなことが書けなくなるに違いありません。

だって、あの歌を、ロパクだなんて言える人が、この世のどこにいますか？

ついつい力を入れて書いてしまいました。今度ははまなさまにもお手紙を書くべきなのでしょうね。

アンデルセンも強烈な思い出でしたが、今夜ついに、わたし達はマリナさまのブランコを映像でなく、練習でなく、現実として見ることが出来ました。

サン＝テグジュペリのブランコは、あのゲリラ公演よりももっと鮮やかで、華やかで、素晴らしいものでした。

ブランコの一部になったかのような、しなやかな身体のひねり。最大高度に達したマリナさまが空を飛び、もう一本のブランコに移る、空中遊泳。

とても、とても美しかったです。

最後、ひやりとする場面もありましたが、その分終わったあとの笑顔が鮮やかで、私もその日一番の拍手を打ち鳴らしました。

お怪我などされたりしませんでしたか。マリナさまのことですから、ちょっとやそっとの怪我は怪我とも思わないことでしょう。だからこそ、心配でもあります。

どうか、明日も明後日も、マリナさまが最高の演技を見せてくれますように。祈ることしか出来ませんが、今夜も眠る前に祈ります。

もうすでに、次の公演を待ちきれなくなっている自分がいます。でも、明日はニュースのチェックをしなくちゃいけませんね。

日本中が、はやく気づけばいいと思っています。このサーカスの素晴らしさに。

今日は本当に、素晴らしい公演をありがとうございました。

この、記念すべき処女公演に立ち会えたことを、わたしは生涯忘れません。

Ｆより

第三幕

チャペックとカフカ

Act 3

スポットライトは命のスイッチ。
それがすべての合図。起動。心臓のない木偶に、吹き込まれるのは息吹。
軽快な音楽とともに、わたしは踊る。語る。笑う。泣く。そして。
小さな子猫と出会い、愛するだろう。
鈴の音とともに、遊び、生きて、食べて、生きて、そして。
小さなあなたは、病に倒れる。
その身体を抱き留めて、わたしはゆっくりと、地に伏せる。
死することのない機械に、命はない。
だから、死を得た時に、はじめて手に入る生がある、として。

命をもたないロボットは、ここに生を得たのだ。

死と誕生が、同時に起こる。喝采。そして——暗転。

◆

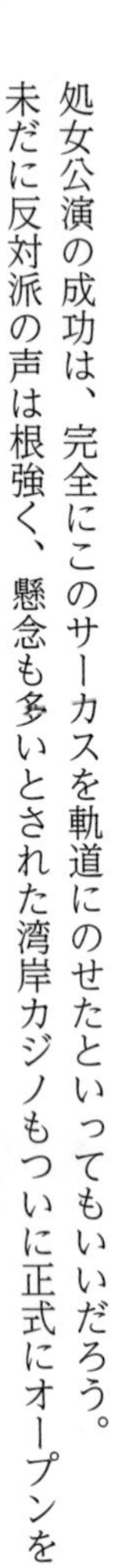
処女公演の成功は、完全にこのサーカスを軌道にのせたといってもいいだろう。
未だに反対派の声は根強く、懸念も多いとされた湾岸カジノもついに正式にオープンを

迎え、海外からのインバウンド顧客をはじめとして国内外から多くの人間が訪れている。一度は海に沈みかけたこの夢の島が、再びこの国を支える巨大な観光地としてよみがえったのだ。

しかしその華々しさは、わたし達サーカスの団員達は誰ひとり与り知るところではなかった。名実ともにカジノの中枢にありながら、コインのひとつも触る暇さえなかったといっていい。「少女サーカス」の看板を背負った少女達は昼も夜もなく演技に明け暮れた。そうでない時には広告塔としてありとあらゆる宣伝業務にあたり、恥ずかしげもなく、時代の寵児という言葉でもてはやされた。演目としては地味であるパントマイムやナイフ投げをうけもつわたしでさえそうなのだから、もっと華のある仲間は言わずもがな。

入団より以前、「アイドル」と呼ばれていたこともある歌姫が、常にマスコミ対応の最前線に立っていた。それは決して、彼女が他者をおしのけた、ということではなかった。

適材適所っていうんでしょう？　と彼女自身が言っていた。専属のスタイリストから甘い仕上がりのメイクをしてもらいながら。うたう時にははっきりとしたはりがあり、喋る時にはかすれる甘い声で。小首を傾げて。

長い眠りから完全に覚めたような明瞭さで。

「あたしより上手くやれる子がいるなら、あたしだってこんなことしなくてもいいんだけれど」

彼女はそれこそマッチ売りの少女や人魚姫のように儚く可憐でありながら、戦場に出て行く尖兵のようでもあった。

「あたしは多分一番上手くやれちゃうもの。この上手くやれるというのは、上手くやれなかった時も、その責任がとれるということよね。投げられる石を透明にすること。あたし以外は、まだできないいんじゃないかしら」

透明の石。それは目には見えないけれど、痛みを感じない、わけじゃない。

それでも彼女は立つと言った。

嘘しかない、と言っていた少女はもう、本当のことしか言わない。それは、ただ、サーカスのため。そして、なによりも己の歌のためだった。

「だって、うたわなくちゃ」

処女公演が終わったあと、唖然とする他の団員の前で、これまで見せたことのないような、憑きものの落ちたような顔をしてそう、有葉——アンデルセンは言った。

「ここでうたうって決めたの。どうぞ皆さま、よろしくね」

あたしの歌だけは嘘をつかない。

だから、あなた達にはあたしの歌を守って欲しいと言って、その時はじめてアンデルセンは他の団員に頭を下げたのだった。

守るとはなにか。なにから、なにを守るのか。なんのためにに。どこに向かって。誰もわからなかったけれど、サーカス団員達は頷くしかなかった。それは、その日は、サーカスの「華」が咲いた日だったから。

世界と現実のことは、わたし達にはわからない。

わたし達にとって、熱狂とは常に外側で起こる嵐でしかなかった。

わたしにわかるのは、あの頭の小さな足腰の細い彼女がここで、本物の歌姫になったということだけ。

そのことを、変化を、羽化を、成功を、わたしは、サーカスのリーダーとして、まぶしく見ていた。


もうずっと行き場を探している。息場を、生き場を探している。

どこかにあると信じている。過ぎた喝采を浴びてもなお、いや浴びたからこそなのかもしれない。

こんなはずじゃなかった。

でも、じゃあどんなはずだったのかは、わからない。

はじめて舞台を見たのはわたしが園児と呼ばれる頃で、それはヒーローショーでも児童向けの演劇でもなく、ありていにいえば預け先の都合がつかなかった親の仕事の付き添いだった。毎日帰宅の遅い父母が「仕事」と称してなにをしているかを知るすべはなく、親がわりであった祖母もそのことについて多くを語ることはなかった。思い返してみればその、母方の祖母は両親の仕事をよくは思っていなかったのだろう。

『小さい子をひとり置いて……』

だから、その時もきっと、わたしは祖母に内緒で両親の仕事場に連れて行かれたのだ。

父母は舞台美術を生業としていた。職人寄りの母と、芸術家気質の父は、先生と呼ばれる立場でその舞台の裏側にまで入っていった。

わたしは何故か、今し方大音量が響き渡った舞台の上よりも、その奥、バックステージというトンネルの向こうに行くことの方に興奮をした。

『先生の娘さんですか？』

まぁなんて可愛らしい、という褒め言葉を数多くもらった。つい先ほどまで舞台の上でドレスのような衣装をまとっていた女性が、頭をネットで丸刈りのようにして、煙草を吸っていた。そのちぐはぐさ、アンバランスさに、わたしは幼心に強い興奮を覚えたのだ。

まったく今にして思えば、導きだされる教訓はひとつだけだ。

身の丈にあわない体験というものはするべきではないということ。

親の仕事をする姿を見てみましょう、なんてもってのほかだ。時と場合によっては、盛大な勘違いをしてしまいますからね。きらびやかな世界で、尊く扱われる両親。その子供である自分が、特別な存在であるような幻想――。

特別なうまれのわたしは、特別になれるような気がした。

でも、至極当然のことながら、そんなことはなかった。なかったのだ。もたなければならない最低限の、少なくとも仲間達の誰もがもっているはずのものを、わたしはもち得ていなかった。俗に、才能と呼ばれる、それ。

「チャペック！　チャペックはいる？」

　新しく入ったマネージャーがわたしを呼んだ。わたしははっと鏡台から顔を上げて立ち上がる。

　休日の昼公演(マチネ)を終えたばかりの休憩時間だった。演目をまかされたものだけが鏡台をもつことができる、その劇場控え室は人の気配が少なかった。

　マネージャーは自分の携帯電話になにかを打ち込みながら、早口で告げた。

「今夜ソワレ後は予定がある？　どうしても立ち会って欲しい顔あわせがあるの」

「大丈夫です」

　わたしは自分の手帳も開かずにこたえた。

　わたしのみが指名されるのならば、サーカスの内部のことなのだろう。たとえ先約があったとしても、仕事より優先されるプライベートなどはわたし達には存在していなかった。ファースト公演がはじまってからこの半年、わたし達は実験動物のようにカジノの街に閉じ込められている。同じサーカス団員であるブランコ乗りのマリナとさえ、仕事抜きで食事に行ったことは数えるほどしかない。

　今のマネージャーは坂崎(さかざき)さんといって、処女公演の時の水元さんから数えてもう三人目だった。最近も、また制作の態勢がかわり、新しくきた人だ。

　坂崎さんはこくこくと小刻みに頷くと、次にもっていた紙の束を差しだした。わたしは会釈をしながらそれをうけとる。

ずっしりとした重みは、紙とインク、そして情念の重みだった。手渡されたのは今日の昼公演の会場預かりと、郵送で届けられたファンレターだ。

同じく控え室にいたマリナの鏡台の前に、わたしのそれよりも分厚い束が置かれた。

「ブランコ乗りにはこれね。置いておくから」

「ありがとうございます」

サーカスの花形、ブランコ乗りのサン＝テグジュペリであるマリナに届くファンレターはやはり多い。彼女の芸は日に日に磨きがかかり、最近ではついこの間までは曲芸の素人であったとは思えないような大技も見せるようになっていた。

彼女はあまりに自分の演技に対してストイックだった。

歌姫はこのサーカスのシンボルであり、名実ともに華だ。それとは別に、ブランコ乗りもまた特別な花形だった。それは彼女が、毎公演毎演目ごとに、命を賭しているからなのだろう。それはジャグリングのエンデにも、わたしのパントマイムにも出来ないことだ。

時には失敗もまた彼女を輝かせる。控え室からモニターを見ていて、ひやりとしたことは一度や二度ではない。

薄い網では、彼女の命を確約するのに不十分なのだ。

それでも、喝采と熱狂が彼女を進化させていくのだろう。それは日々磨かれていく横顔を見てもよくわかる。マリナは美しくなっていった。サン＝テグジュペリという冠（タイトル）が彼女を輝かせた。

　彼女の変容は、同時にサーカスの熱狂の質も変えていく。観客の視線が、喝采が、会場の空気が、チケットの売れ行きが、別物になっていくのが数字ではなく肌で感じられた。

　マネージャーはきょろきょろと辺りを見回す。

「アンデルセンは？」

「ソワレまでホテルに行って休むと言っていました。いつものマッサージを頼んであるからって。渡しておきましょうか」

　そう言って手をだせば、マネージャーはなんの疑いもたずに手紙の束をわたしに渡し、それじゃあと言って足早に出て行った。

　残されたわたしは、自分の束よりもずっしりと重いそれを眺めて、吐息のような呟きを口にした。

「どうせ読まないでしょうけど」

　アンデルセンはファンレターを読むことを好まなかった。「字を読むことが苦手」と言うが、どこまで本当かわからない。ただ、「もらうのならお花がいい」とはよく言っていたし、実際彼女には毎公演毎公演花束やフラワースタンドが贈られ、彼女はそれを眺めることがとても好きだった。その時ばかりは、歌姫ではなく、無邪気で小さな少女のようだった。

「でもきっと、喜びはしてるわよ」

言いながらマリナは、ひとつひとつ、マネージャーによってすでに封を切られたファンレターの中身を開いていく。今は妖精もいなかった。わたしも倣って手紙の封をあけてみた。ファンレターは圧倒的に女性からが多かった。その中には、もう常連ともなっている名前もあった。

あ、とマリナが声を上げて言った。

「Fから」

「また？　マメね、本当に」

そう言いながら、わたしも見覚えのある封筒と文字に目を留めた。

「わたしのところにも」

この『F』というファンは、箱推し、という言葉が適当なのかはわからないが、ゲリラ公演の頃からずっと冠をもつ演目者達にファンレターを送ってくれている最古参の常連だった。詳しい年齢はわからないが、文面から読みとるに同年代か、わたし達よりも年上の女性だろう。決して上手いとは言いがたい文字だったが、そこに躍る熱狂はいつもきらきらと光っていて、こうした声援が、わたし達を支えているという事実に一片の疑いもない。

しかしわたし達が彼女のファンレターをよく覚えているのは、彼女が最初期に手紙をくれたからというだけでも、紙の上に躍る言葉がきらめいていたからというだけでも、ない。数が多いのだ、とにかく。

見た公演の感想を、その日のうちに書き留め投函してくれているらしい。リターンアドレスはない。最古参でなければ、怪しい手紙としてわたし達の元にくることもなかったかもしれない。

手紙の内容を見れば、三日とおかず見にきているのだから、次の観劇にきた時にプレゼントボックスへ預けてくれればいいのに、そうしないのにはなにか理由があるのだろうか。

わたし達は誰も、このFの顔を知らないのだった。いや、そんなファンが、サーカス団にはたくさんいた。

演劇の種類によっては、役者やパフォーマーを劇場外で待つこともあるだろう。けれどこのサーカス団では御法度で、見つかれば個人情報を控えられた上で出禁になってしまう。というのも、このサーカスのプレ公演は脅迫行為によって阻まれていたからだった。演目者の安全を守ることはこのカジノ全体の『メンツ』を守ることでもある。未だこの特区を一歩踏みだせば、カジノ反対派のデモ行為があるという。もう、このカジノ内のホテルに住みはじめて数ヶ月、家にも帰っていないから、「外」のことはわからないし、わかろうともしないけれど。

ファンレターの中身は、昨日の昼公演の絶賛だった。わたしのパントマイムは演目の中でも割り振られた時間が極端に短い。道具も使わず、派手な演出もない。ロボットマイムをすることもあれば、創作ダンスのように自分でアレンジをほどこした『白鳥の湖』などの古典名作を演じることもある。

わたしにマイクはない。無言であることはこの演目においては重要であると言われた。つまり、言語の通じない客にも伝わることが。それはサーカス側の都合じゃないかと思わないでもなかったけれど、わたしは幾つかのバリエーションをローテーションでこなしていた。

わたしのパントマイムが、繰り返し見て面白いものなのかどうかは、わからない。けれどFの手紙はちょっとした普段との違いや、上手くできたところを丁寧にさらってくれる。絶対にネガティブなことは言わないでおこうとしてくれているのが、よくわかる文面だった。

そのファンレターを読みながら、わたしは安堵の息をつき、同時に緊張で息を止めていたことに気づくのだ。

顔を上げれば鏡にうつった自分の顔は少し青ざめて硬直している。演目を重ねるにつれて、わたしはわたしへの賞賛を、素直にうけとれなくなっていることに気づいていた。

演目に、自分の引きだしに限界を感じる。華のあるナイフ投げに変更してもいいとマネージャーから言われたこともある。けれどそうなった時、客の落胆や嘲笑をうけることに、わたしは多分耐えられないだろう。

(パントマイムが出来なかったから)

ナイフ投げに逃げたのだと。誰もそう指摘しなくても、わたしはわたしのその逃亡を理解している。だから。

――恥ずかしい。

舞台に立つには一番いらない感情のはずだった。少なくとも、命綱なしに空を飛ぶブランコ乗りも、どんなにマスコミから悪評を書かれても顔を伏せることのない歌姫も、恥ずかしいなんて思ったことはないはずだった。

うまれつきの器の違いを感じる。それはすなわち、才覚の違いだ。わかりきっていたことなのに、これからもまだわかり続けていかねばならないのか。

わたしは「F」からの手紙を流し見て、再び封筒に戻した。毎回同じ白い無地の封筒だった。隠すように戻すのは、愛情の重さをうけとめきれないからだ。

視界の端で、隣に座ったマリナの横顔を見る。彼女は輝いた顔で、何度も何度もファンレターの文字を追っていた。すべての賞賛を、活力にかえる顔だ。

ああはなれないのだとわたしは思い、だからといって、アンデルセンのようにだってなれないのだと改めて自分を思い知る。自分には歌だけだと言う歌姫は、愛されなければ意味がないと言い切る。愛さえあれば、人が自分を語る言葉なんてどうでもいいのだと。

かつて、自分の心身を捧げるような形で、アイドルという生業をしてきた少女には、もうなにも欲しいものはないし、失うものもないという。

夜がやってくる。せめてわたしは美しく着飾らなければならない。大した素材ももたないから。大した芸ももたないから。

特別なんかじゃなかったから。

夜公演の客席に、両親の姿を見つけた。壇上からではなく、控え室のモニターで。関係者が通される場所の中に見つけた両親と顔をあわせるのは、どれくらいぶりなのかもわからなかった。前回は確か、次期公演の舞台美術についての打ちあわせにきていた時だったか。ということは三週間ぶりか？　もしかしたらもっと、かもしれない。わたしは忙しかったし、わたしの両親はわたしよりももっともっと忙しかった。

いつもより数段緊張しながら、パントマイムを終える。今日も劇場は満席で、拍手は万雷だ。それだけが身の内を満たす。そして、それらの拍手はブランコ乗りへのそれにも、歌姫のそれにも劣ることを、考えないようにつとめる。

夜公演が終わり、両親は控え室までくることはなかったが、身支度が整い次第でてくるようにと坂崎マネージャーに言われた。会食は両親も同席するらしかった。

「今日もお疲れさま。いい公演だったね」

久々に会う父はそのようにわたしに言った。ありがとう、とわたしは少し他人行儀にこたえた。

「知多さんには、サーカスでもリーダーとしてまとめていただいています。私達も本当に頼りにしていますから」

コース料理にナイフを入れながら、マネージャーがそう言った。続々と事務所の人や関係者、その中でもとにかく偉い人間がやってきては、わたしではなく両親に頭を下げ、両親は彼らよりも深々と頭を下げた。

　わたしは両親から、叱られたという記憶がない。両親は幼い頃からずっと、ただただ忙しい人達で、あまりわたしの教育を顧みることはなかった。厳しかった祖母が亡くなってからは特に顕著で、わたしがサーカスのオーディションをうけたいと言った時の、少しほっとした顔を忘れられない。彼らはわたしを、「この世界」で連れ回す口実を得たのだ。

　両親の仕事のことは、他人から聞かされることの方が多く、本人達の口から聞かされることは少なかったが、それでも、わたしがサーカスにいることが、彼らの仕事にもポジティブに作用していることは、自惚れでなく想像がついた。しかしそうなる前は、間違いなく、彼らの仕事がわたしの立場に作用していたことは想像に難くない。それこそ――古くはオーディションの頃から。

　人の前に立つ仕事を、いつだってやめていいんだよと言ってくれるのは、その特殊さ、厳しさを知っているからなのだろう。けれど、やめたあとになにになったらいいのかまでは、両親は指南してくれない。彼ら自身がそうであったから。生き方を、選んでいくのは自分だから。

　両親をはじめとした大人達はあらかじめ空いていた椅子に座り、大人の会話をはじめた。テーブルマナーに集中しながら、それらの会話を拾い上げることに神経を使った。やわらかな肉も、洒落た味付けをされた野菜も、どれも味覚としての記憶には残らなかった。

大人は口々に、現在のサーカスの成功を互いに褒めあい、そして今後の夢物語を語った。まず話題にでたのはファンクラブの設立だった。これはわたしもすでに聞かされている話だった。

『効率のいい、集金システム』とアンデルセンが笑いながら言ったのを覚えている。けれど、彼女はすぐに、『もちろん優先販売のシステムはあるのでしょう？　今の、海外の旅行代理店からが一番チケットをとりやすいシステムに国内ファンの不満がたまっているはず。それから、限定公演をできるだけはやく行った方がいいと思うの。先にリクエストもうけつけましょう。でも、練習はさせて。あと、やっぱり歌唱指導のコーチを何人かつけて欲しい』とはっきりした口調で告げた。そしてその歌姫の我が儘は、彼女の言うがままに通ったらしい、ということを大人達の口ぶりからわたしは察した。

「ファンに向けた写真集などの発売も計画に入れています。現在テレビ局のカメラも入ることはありますが、映像化はまだ少しはやいかなと。でも、思ったよりも女性にうけいれられていますね。熱心なファンには女性が多い」

その説明を聞きながら、これからなんらかの形で観客と交流をもつことがあるのだろうかとぼんやりわたしは考えた。

Ｆはファンクラブがはじまれば入会をしてくれることだろう。Ｆと挨拶をすることが出来るだろうか。Ｆ以外にも、熱心にわたし達の公演に通ってくれる、すべての人に直接御礼が言えたらどんなにいいだろう。

そうなったらもっと自分を認められるだろうか。この行き場のなさが、少しでも埋まるのか。

それから大人達はもうすぐ完成するという専用劇場の図面を、宝の地図のように両親に見せた。

今、間借りしているホールよりも、倍以上の大きさとなる専用劇場。オーケストラピットも完備した、わたし達の、夢の地図だった。

両親は隣に座ったわたしにもそれを見せた。わたしは図面を見る力なんてなかったから、収容予定人数が千人をこえているのだけを見て、わあ、とはずんだ声を上げてみせた。演技の一環だった。

「すごく、すごく広いんですね」

大人達は玩具でも自慢するように頷いた。

「国内でもこれほどの常設劇場をもつ劇団は少ない。新しく刺激的なエンタメを届けられると信じてるよ」

新しく。刺激的な、エンタメ。そこに自分の居場所はあるだろうかとわたしは考える。あって欲しい。そのために修練を積まなければならない。歌姫やブランコ乗りほどは、身体も心も芸事も、研ぎ澄ますことは出来ないとしても。

そしてそこからはじまった話は、わたしにとって初めて聞くものだった。

「演目も増やしていきたいと考えていましてね」

サーカスの運営会社の偉い人の言葉にわたしはナイフを操る手を止める。驚きに息も止まったような気がした。その大人は、わたしではなくわたしの両親を見て語った。

「動物芸をとりいれようかと思っているんです」

「動物芸というと……ライオンの火の輪くぐりのような？」

「そうです。これまで規模と準備に時間がかかるため、どうしても踏み切れずにいましたが、この専用劇場があればどうにか常設までこぎつけられると考えています。とはいえ動物愛護の観点からも、米国などでも縮小が決まっている演目です。今回は、中国から調教済みの動物ごと招致することが決定いたしまして」

調教済みの動物ごと。その中に、「猛獣使い」も含まれているのだろうと思った。海を渡って、獣と一緒に、獣のようにもち込まれる、女の子。

その姿は、サーカスの新しい目玉となることだろう。

すべてはもう、決まっている話だった。わたしは口紅に気をつけながら、ストローでノンアルコールの葡萄ジュースを飲んだ。喉の渇きは抑えられなかった。心拍がはやまることも。

そして、彼らはいよいよ本題に入った。

「この猛獣使いの指南役を、知多さんにお願いしたいと考えています」

今度こそわたしは眉を上げて、驚いた顔をしてしまった。それが自分でも、演技なのか素なのかはわからなかった。

猛獣使いを、指南する。どこか落語めいた話だと思った。面白くは、なかったけれど。

「それは、トレーナーとしてではなく？」

　ワインを傾ける父が聞く。

「それとはまた別の、もっと、この少女サーカスの中でのふるまいを教えるようなものですね」

　演目のことは、彼女自身の方が詳しいはず。もちろん、うちの社としても全面的にバックアップをするつもりだと彼らは、とかく自信に満ちた顔で言った。

「結成段階から、サーカスをまとめてきた知多さんが適任だと僕達は思っています」

　そう彼らは続けたけれど、そんなのは嘘だと思った。きっと、わたしが一番手があいているからだ。毎日研鑽にあけくれるブランコ乗りにも、広告業務の矢面に立つ歌姫にも、どこにもそんな余裕がないから。けれどそのことを、恨みがましく伝えることは、わたしには出来なかった。

「期待していますよ、リーダー」

　曖昧に笑う。

　わたしはきちんと、笑えているだろうか？


　少女サーカスに新しい演目が追加される。それはサーカス団でもすぐに話題となった。

しかもそれが異国のパフォーマーだというのだから、反発が芽生えなかったといえば嘘になるだろう。未だ演目を背負えず、妖精と呼ばれて小間使いのようにしか動けない少女達が何人もいた。

女子は陰口をたたき合うことで親睦を深めることもあるだろう。しかし過ぎた言葉はたしなめねばならないと思った。それが自分の役割だとも。

「演目はひとつでも多い方がいいでしょう。すなわちパフォーマーの枠が増えることを意味するんだもの。次の代替わりをするのはあなたかもしれない」

控え室に近い女子用のトイレでとある団員の少女をそうたしなめた時、いつもなら従順なその子が、耐えきれないというように声を上げた。

「代替わりなんて、本当にあるんですか?」

少女は己の言葉のあとに、明らかに「しまった」、という顔をしたけれど、そのことについてはわたしは特段責めることはしなかった。

たとえ彼女が砂をかけたのが、新しく現れる猛獣使いでなく、今文学者の名前を冠するすべての少女達であったとしても。

「わたし達も永遠じゃない」

不思議なほどに凪いだ声で、いっそ笑みまで浮かべてわたしは言うのだ。

「特にわたしはね」

過ぎた暴言は、他の団員、もっといえばわたし達を管理する大人に聞かれたらまずいことになる、それだけの苦言でわたしは彼女を解放し、ひとり残って控え室の鏡台ではない、少しくもった女子トイレの鏡を見た。

（代替わりが、本当にあるとしたら）

最初に退くべきはわたしだ。そんなことはわかっている。ブランコ乗りのように命を賭けることもできず、アンデルセンのような生まれながらの才も美もない。

ただ、最初にいたというだけ。

それだけで、いつまでこの位置にしがみついていられるのだろう。

身を尽くしすべてを歌に捧げるアンデルセン。

芸術そのものになろうとしているサン＝テグジュペリ。

比較をしないでいられるわけがない。同時に、そんな厚かましさも強さも自分にはない。

ここにいたいのかもわからない。かといって、テレビにも、他の舞台にも、どこに行きたいか、そもそも行きたいのかどうかもわからないのだと思い知らされる。ただ、他にどこにも行く場所がなくて、行ける場所がない。それだけだというのに。


その船は、まだ湾岸地域に寒さが残る春の日にやってきた。

幾つかの港を挟み、きっと政府から特別な許可証を発行されて、豪華客船にも見劣りしない、戦場から帰還する船のようなそれは湾岸地域へと接岸した。

数多くの企画会社の大人と、サーカス団からはわたしと数名の「無冠」の少女達が迎え入れるために港に立った。

何故ならばその日も、サーカスの昼公演は行われていたから。わたしはその日は休演だった。

マスコミも数多くきていたからこうした場面での対応にふさわしいのは本当はアンデルセンだったのかもしれない。けれど彼女はあらゆる公演に穴をあけることがなかった。どれほど激務の時も、体調がすぐれない時も、機嫌が最悪でも。

サーカスは彼女の歌なしではもう、はじまらず、終えられなくなっていた。

わたしがいなくても、公演は進んでいくけれど。

貨物船のドアが開き、そのために呼んだ楽団のファンファーレが鳴り響く。そして船からまず顔をだしたのは、一頭の象だった。

掲げられた国旗。きらびやかなカジノの旗。歓声。喝采。

海からの強い風にあおられて、雪のように舞い散る紙吹雪。

わたしは息を呑んでいた。

海風で散らしきれない、獣の脂のにおいが鼻孔をかすめた。動物園のにおいだった。そして堂々と甲板を踏みならし、この国の陸に降り立つ象の背には、華やかなドレスをまとったひとりの女——少女、がいた。

切れ長の目をもつ、美しい猛獣使い。名は……もう、決まっている。

（カフカ）
カフカだ、と思った。わたしは合図をうけて、その象の前に足を踏みだす。

象は賢く、愛情深い生き物だと聞いたことがある。そんな絵本も読んだことがある。けれど眼前に、ゆうに自分の二倍以上の体軀があるのは、さすがに心臓がすくみ上がるようだった。けれど他のどの少女達がおびえても、自分はおびえるわけにはいかないのだろう。アンデルセンならきっとそうする。サン＝テグジュペリもそう。あまりに容易に想像がつく。

大丈夫、どれほどわたしの顔が青ざめようと、サーカス仕込みの紅と胴乱（ドーラン）はそれを隠してくれる。

教えられた通りに花束を掲げれば、象の長い鼻がふわりとすくい上げ、とり上げた。その瞬間に多くのシャッターが切られ、楽団の音楽は最高潮となる。

鳴り響く音楽は、少女サーカスの象徴。今日も、アンデルセンが公演でうたうそれ。

――サーカスへようこそ。

わたし達に拒否権などはあるはずもなく、サーカスは巨大な家族を迎え入れることとなった。

ニュースに使われるだけの尺が充分に撮られたあとは、わたし達はすぐに大人達の輪の中に収容され、他のサーカス団員は早々に劇場へと戻っていった。そのままわたしだけが港の貨物室の建物に残り、カフカの相手をすることとなった。

控え室から貨物室を眺めれば、先ほどの象が渋々ながらも檻の中に戻るところだった。行き交う人々が交わすのは、日本語に英語、それから中国語もまざっていた。

意外にも、大型の動物は象だけだった。

熊や虎は条約などの観点から見送りとなり、それ以外は小動物や昆虫などが運び込まれているらしい。演目を担うのはカフカひとりきりだが、動物の世話には何人もスタッフがつかねばならない。

カフカは名をズーハンといった。漢字はわからない。英語のzooと響きが一緒だと笑っていた大人がいた。中国からきた動物園。この国で揶揄されるのも織り込み済みなのかもしれなかったが、気にすることでもないと思った。どうせ、わたし達の団にくれば、彼女はカフカと呼ばれることになる。

大人達がかわるがわる行き交う中、わたしは待っていた。ぽつねんと、置いていかれるように待つことには慣れていた。待つことは、自分の芸の一環でもある。取材の最中。他の演目者の出演中。会議の間。撮影の合間。取材の間。エトセトラ。

パントマイムは無言の芸。その真髄は、動作（アクション）ではなく停止（ストップモーション）にこそある。はめ込みの窓の向こうに、小さくかけ抜ける影が見えて、ふと視線を止めた。

一瞬見間違いかと思うも、次はもっとはっきりとその姿を捉えた。つなぎを着た、小さな姿。

（子供……？）

帽子を目深にかぶり、動物達の檻の間をせわしなく覗き込んでいる。

わたしはあたりを見回すが、話しかけられそうな大人の姿はなかった。控え室からでると、その小さな影の元にかけ寄る。

「あなた！　危ないよ！」

わたしが声をかければ、びくりと小さな影が動きを止める。先ほどよりももっと濃く、獣の気配とにおいが充満するコンテナの間で、わたしはその相手の顔を今一度見て、わずかに目を丸くした。

遠目に見た通り、小さな子供だった。年齢はわからない。十代であることは確かだろう。見ようによってはわたしも子供なのだけれど。国籍も不明だが、かろうじて、東洋人であることはわかった。

その横顔は、少年かと思ったけれど少女だった。同時に、顔に大きな痣があるのがわかった。痣の影響だろうか、片目が赤く充血している。

顔に痣のある、子供。

「ひとり？　大人ときたの？」

少女は、わたしがかがんでちょうど目の高さくらいの背丈だった。覗き込むようにして帽子の下から問いかければ、どこかおびえたような様子で目をそらした。

「カジノで家族が働いているの？　それとも港を見にきたの？　ここは立ち入り禁止よ、危ないものもたくさんあるから……」

動物の姿、特に象に惹かれてきたのではないかと思ったのだった。貨物車をはじめとした大きな車も絶え間なく行き交う場所であるし、そもそも関係者以外の立ち入りは禁止されている。子供がひとりでいていいはずがない。けれどその子は一瞬伸ばしかけたわたしの手を振り払い、かけだしてしまう。

「ねぇ、ちょっと！」

反射的に追いかけようとするが、遠くから、人の群れが集まってくる気配がして。振り返る。自分があそこにいなければまずいことになる。

「もう……」

後ろ髪をひかれながらも、わたしは控え室に戻った。

「はじめまして。おあいできてうれしいです」

ズーハンという名の猛獣使いは、時折発音がたどたどしくなるものの、わたし達にも聞きとりやすい流暢な日本語を操った。それだけで彼女の学を見せられるような気になって、わたしは少しだけ居心地の悪い思いをしたものだった。

少女サーカスの団員は、海外の旅行客、あるいは外交的な視察にくる外国人とコミュニケーションをとることも多く、花形であるサン＝テグジュペリはいち早く英会話を学んでいた。アンデルセンはそういう時、常にぴったりと通訳をつけていたし、彼女の歌は言語を越えた感動を他人に与えることが出来る。

　わたしの芸、特にパントマイムはこれといった言語的なコミュニケーションを必要としない。だからこそ、わたしはその学習から逃げているのだという、おぼろげな自覚がある。やはり後ろめたさ、なのだろうこれは。

　わたしは知多彩湖という名であること、けれどその名で呼ばれることはもうほとんどない。演目にあわせて、チャペックと呼ばれたり、クリスティと呼ばれたりすることもあるという話をした。チャペックもクリスティも、読んだことがあるとズーハンは言った。そして、もちろんカフカも。

「『変身』、ですよね？」

「はい」

　とわたしは頷いた。彼女の少しだけたどたどしいセリフ回しは、今はもういない、わたし達の可愛い後輩、杏音のことを思い出させた。

　ズーハン……カフカは、一時的にホテルに身を寄せ、新しい専用劇場に併設される寮に入る予定だった。その施設にはサーカスに出演する動物達の飼育室も完備され、わたし達の生活圏が一度に保障される予定だった。

　今やカルト的に人気が高まりつつあるサーカス団の少女達を守るためにもそうした設備の設置は急務であったのだろう。そしてその閉鎖空間に、異国からきたカフカがなじめるかどうか。わたしが指導役として見込まれたのは、そういった不安からだと容易に推測が出来た。

　カフカのデビューはちょうどひとつき後に予定されている。今日の入港もその時にまた大々的にニュースとして流れることだろう。

「ホテルまでご案内します」

　彼女の滞在するホテルは、今わたし達が公演を打っているそこだった。今日はまだ、動物達は港にて世話をされるのだという。

「明日には他の団員も紹介出来るかと思います。長旅の疲れもあるでしょうから、今日はゆっくりお休み下さい」

　横付けされているバスでホテルまで一緒に戻る予定だったが、控え室からでたカフカは、足を止めて、コンテナの方に声をかけた。

「ミンラン！」

　高く響くその声が、なにを表したかわからなかったが、その声に呼ばれるようにひょいと小さな頭がコンテナの陰から顔をだす。

　それは、迷い込んだとばかり思っていた、先ほどの小さな子供だった。

　ミンランとは名前だったのか、つなぎを着た子供はカフカにかけ寄ってきて、幾つかの言葉を聞いた。早口の中国語はまったくわたしには意味がとれず、子供は数分と経たないうちにまたコンテナの周りに戻っていった。

「あの、あの子は？」

歩きだしたカフカの横に立ち、わたしは尋ねる。

「わたしの妹です」

とカフカは歩きながら、後ろを振り返ることはせずにこたえた。

「ミンランは生まれた時から動物達と一緒にいます。ミンランのあげた餌しか食べない動物もいる。他のスタッフと一緒に、今日はここに残ると言っています」

カフカの他にも、動物の世話のために何人かのスタッフが渡航してきたことは聞いていたが、あんなに小さな子がいるなんて。

「幾つ、何歳ですか？」

「わたし？　二十一です」

指で数字をつくって、カフカが言った。思ったよりも年上であったことに面食らったけれど、

「いえ、あの子……ミンランは」

「ミンランは、十三」

日本語はできません、とカフカがきっぱりと言うので、わたしはそれ以上、追及することができなかった。


「カフカとは会えた？」

新劇場のオープンを控え、業者が慌ただしく出入りする劇場に戻ったわたしはマリナに呼び止められ、そう尋ねられた。ソワレを控え、つかの間のけだるさがただよう控え室だった。

マリナは腕にテーピングをしていた。怪我には常に細心の注意を払っている彼女は、テーピングももう手慣れたものだ。

「ええ、無事に」

頷きながら、会話を交わす。「どんな子だった?」「年上よ。大人びた……」少し、杏音に似ているかもと言えば、マリナの目が細められた。

杏音のことを覚えている人間は、もうこのサーカスにも少なかった。

「元気かな、杏音……」

「きっと元気よ。いつかまた、このサーカスを見にきてくれる。世界中のどこにいたってね」

その時、もしかしたらパントマイムを踊るのは自分ではないかもしれない。けれど、ブランコに乗っているのは間違いなくマリナだろう。そういう、予感ではなく確信がある。

「明日は昼公演がないでしょう?　みんなにも紹介されると思う」

「楽しみにしてる」

とマリナが言った。その時だった。

「すみません!」

坂崎マネージャーはこちらにいらっしゃいますか、と血相をかえて走り込んできた若い団員の姿に驚いてそちらを向いた。

「いいえ、ホテルの方に行ってるはずだけど……」

「やっぱりか」

その言葉とともに、ぬうっと後ろから現れた背の高い男の姿に、控え室の空気が凍った。いや、実際に凍ったのは、その冷たさの根源は、わたしの隣。サン＝テグジュペリで。

大きな瞳をとりこぼさんばかりに見開いて睨み付ける先には、わたしも知る人間がいた。この湾岸地域、カジノ特区。そして少女サーカスの運営会社に対しても大きな影響力があるとされる『生徳会』の医師であるはずの男、鷺塚片理は、また医者らしくない髪形と服装で、不遜に部屋を見回して吐き捨てた。

「こっちの動きを予測してホテルにこもらせたな。やることが姑息だ。ああ、いつからこの見世物小屋は、そんなに偉くなったんだろうな！」

「出て行って」

声を上げたのはマリナだった。彼女はかたく身体をこわばらせながら、はっきりとした声で言った。

「出て行って下さい。ここはあなたみたいな人間がくる場所じゃない」

マリナの声に、医師は笑った。大仰で、自信に満ちた笑い方だった。

「関係者以外の立ち入りをかたく禁じる？　俺は関係者ではなかったかい？　確かにあの

事務局とかいう無能な集団を無関係にしてくれるっていうなら、感謝感激いたみいる話だが」

わたしはこの男性が一体どういう立場で、わたし達のサーカスになにをもたらしている人間なのか、ほとんど知りうることはなかった。それでも彼がなんらかの強い力をもち、そして同時にわたし達のサーカスを毛嫌いしていることは、わたし達最初のサーカス団員は誰もが知っていた。

それと同時に、このサーカスの花であるブランコ乗りのサン＝テグジュペリ、青山マリナが心底この男を嫌っていることは、本人に何故と確かめたことはなかったが言葉の端々や彼女の態度から充分察していた。

今も彼女の横顔は鬼気迫る様相だった。命綱なしでブランコに飛び込む時だとて、こんな厳しい顔はしていないだろうというほど。

「マネージャーはいません。出て行って下さい。警備員を呼びますよ！」

「呼べばいい」

携帯電話を弄りながら、いかにも片手間ですといった風情でその男は言うのだ。

「君達に話が通じないことはよくわかってる。警備員を呼んできてもらえるならその警備員に働いてもらうまでだ」

「話が通じないって、どっちが……！」

ぎっとマリナが奥歯を噛むのが、そばにいてわかった。わたしは彼女を制するように一歩先に踏みだす。

「マネージャーをお捜しですか？　今夜は戻らないと思いますが」

医師は器用に片眉だけを上げて言った。

「誰だっけ？」

わたしは自分の血が凍るのを感じた。沸騰はしない。瞬間冷却。この時ばかりはマリナ、あなたに共感する。

「まぁいいや」

どうでもいい、という風情。ぶちまけられたわたしの屈辱を、拭わせてくれる暇もなく医師は続けた。

「俺はこの悪趣味な見世物小屋を好んだことはないが、けだものばかりの動物園にするのはもっと反対だ。その気持ちは伝えておこうと思ってね」

「あなたの許可なんかいらない」

思わず、というようにマリナが強い声を上げるのを、「だろうね」と医師は鼻で笑った。そしてそれから、吐き捨てるように言う。

「いいか、せめて動物臭さを消すんだ。あれほど清廉がどうのと御託を並べてきたんだ。少女だけのサーカス、とうたいたいならな」

その時、医師がわたし達から軽く目をそらしたのが、わたしは気にかかった。あれだけ挑発的だった男が。少しばかり声色をおさえて、秘密ごとめいて言うのが。

「じゃないと喰われるぞ」

そしてわたし達に挨拶をすることもなく、いつものかろやかさ、ともすればせわしなさともとれる態度で立ち去ってしまう。

わたしはただ眉をひそめるばかりだったが、マリナは怒りをおさえきれない様子で言った。

「あの男はきっとまた、嫌がらせをしてくるわ」

誰にも聞かれないように、耳元で。

「カフカを守ってあげなきゃいけない。もしも私にも手伝えることがあったら教えて」

わたしはわけもわからず頷く。ただ、不安だけが胸にある。

それでも、足は止められない。サーカスの幕は、上がるのだ。

❦ 幕間 ❦ Fからの手紙 Ⅲ

パントマイムのチャペック 知多彩湖さま

専用劇場こけら落とし公演、本当におめでとうございます！

この素晴らしい日を迎えることが出来て、わたしはあくまでただのファンのひとりですが、それでも晴れがましく、嬉しく感じます。

今日は全体を見渡せるよう後方の席で見せていただきましたが、皆さんのためにつくられた劇場は美しく、豪華で神聖なチャペルのようにも見えました。そこに立つ皆さんの姿は本当にキラキラ光っていて、それだけで胸がいっぱいになり、心が熱くなりました。

まさか、まさか歌姫の挨拶があるなんて！

普段は舞台では聞けない皆様の生の声が聞けるのは、本当に特別なサプライズでした。

そして、そして。

少女サーカスの新しい演目、『猛獣使いのカフカ』のお披露目でしたね。最初、異国のサーカス団からきたという彼女をうけいれられるか、本当に不安でしたが、サーカスへの指南役は知多さまが担って下さっていたんですね。それを知って、カフカを信じてみようと思いました。

そして、今日、信じてよかったと思いました。

動物園さえ楽しめたことのないわたしには、動物は少し怖かったですが、象にまたがる小さなカフカのなんと美しいこと。大きな蜘蛛を身体に這わせる姿がスクリーンに映しだされた瞬間、ぞくぞくとした震えが止まらなくなりました。

このような感想を、チャペックさまに託すことはふさわしくないのかもしれません。でも、カフカさまが日本語の手紙を読まれるのかもわからなくて……。でも、ううん、次の機会には書いてみようと思います。

素晴らしい舞台に、拍手だけでは、足りなくて。

伝えたいから書きたいのではなく、書かずにはいられないから、書いてしまうのです。

知多さまのパントマイムも、新しい会場で輝いておりました。最近、少しお痩せになりましたか？　大変な日々が続いているかと思います。どうぞお身体だけには気をつけて。

これからも、この劇場で、すべての人々に、素晴らしいサーカスを届けて下さい。

皆さんのゲリラ公演を見てから、こんなに遠くまできてしまいました。

春からわたしは、父の会社ではありますが、働き始めることが決まりました。それまでサーカスを心から楽しもうと思っています。そして、皆さんの演目を見るために働きたい。今度こそ、という気持ちです。

少女サーカスは間違いなく、わたしの光です。

わたしのためではないけれど、わたしの人生に在って下さって、本当にありがとうございます。

これからも、応援しています。

Fより

雑技団仕込みのズーハンの演目は見事なものだった。

彼女の手にかかれば、ライオンも子猫のようになるだろう。こけら落とし公演初日のあと、そう言ったわたしに、でも、大きな獣の扱いは自分よりも妹の方が上手いとズーハンはこたえた。いつの間にか、動物達は増えていた。

公演終了後、彼女は特に毒蜘蛛でのパフォーマンスを増やしたいとマネージャーにかけあっているようだった。自分は特に蜘蛛が好きだからと。

マネージャーはあまり乗り気ではないように見えた。象や虎、ライオンの方が見映えがする。蜘蛛を身体に這わせるパフォーマンスは上手くやらなければ嫌悪感をもよおすグロテスクさがあり、リスクもある。

ステージでの演出について、わたしはパントマイムの観点からマネージャーの相談にのることも多かった。

肉体表現のことなら理解出来るし教えることも出来る。一方で、この新劇場の特徴である背後の大きなスクリーンに自分がうつしだされるのは何度やっても強い違和感を覚えた。ブランコ乗りはわざわざカメラが追うこともないのに。映像でいいならば、わたし達が生身である必要はないはずだと、思ってしまう。

わたしはパントマイムで小さな子猫を表現する。

カフカは、本物の象に鞭を打つ。

対比さえもなりたたない、なんて残酷な違いだろう。

指南役であるわたしはカフカの暮らすホテルに何度も足を運び、そのたびに近くの倉庫にも足を運んだ。

劇場のこけら落としの目玉としてカフカは話題をさらった。メディア内では好意的な評判が大半であったが、どこまでそれが、広告代理店の筋書きであるのかはわからない。通い詰める観客達も、最初のうちは批判があり、変化に対する抵抗もあったことだろう。けれどそのグロテスクな目新しさは、少女という属性をレッテルにしているわたし達のサーカスでは珍しく、話題となった。Fからの手紙を読みながら、わたしは確かな手応えを感じていた。

同時に、わたしは久々に、自分達の身の回りがさざ波のようにざわついているのを感じていた。

この国の人間は、結局自国の少女の方が好きなのだ。四年に一度の、世界の運動会でだって同じ。次にもしもこの国でオリンピックが開かれることがあれば、そのセレモニーはわたし達、サーカス団員のつとめとなるはずだと、大人達はしきりにはやしたてる。

　その一方で、未だ根強く、カジノ自体の是非やサーカスのあり方を批難する人も、この国には多い。当然のことかもしれない。サーカスの入団を希望する少女達の年齢はどんどん下がってきている。遠からずルールづくりが必要となることだろう。

　わたし達は常にあり方を監視されているように感じていた。「仕方のないことよ」と言ったのはアンデルセンだ。

「それだけあたし達に数字があるということ。同時に、後ろ暗いことなんかなにひとつないのだから、探りたい人間の好きにさせておけばいいんじゃない？　本当に、後ろ暗いことをさせないという点においては、他の商売における、どんな水よりも綺麗よ、ここは」

　今のところはね。

　そう言う歌姫は、誰よりも多忙だった。かつて彼女を「金魚センター」として叩いた週刊誌は見る影もない。そうやって人の話題はうつりかわっていく。

　わたし達は毎日、満員の客の拍手だけを求めていればいい。


　最初に会議で言われた通り、ズーハンの指導はわたしの役目だった。動物小屋となっている倉庫にも何度も通い、本国との打ちあわせにかりだされることも多かったから、わたしはすっかりあの少女と顔見知りとなった。ズーハンの妹、ミンランだ。

ズーハンとは似ていない妹だった。切れ長の目で美しい表情をもつズーハンに比べると、幼く愛らしい印象のミンランは、いつも黙々と動物達の世話をしていた。ズーハンと舞台に上がる時は牙を抜かれたようなおとなしさの動物達も、ミンランに対しては喉を鳴らして鼻をこすりつけた。

「こんにちは」

ミンランは振り返る。返事は、ない。ミンランは日本語が不自由である、という表現は正確ではなかった。不自由という表現は、少しはその片鱗を扱えているということを意味する。ミンランは日本語どころか、中国語でさえ発語しているところを見たことがなかった。耳は聞こえているようだったが、言葉を発しないのは、生来のことなのかは、わからない。

わたしはハンディタイプの電子辞書と、それから身振り手振りでミンランに語りかけた。自分のパントマイムがこんな形で生きるなんて。その奇妙な因果に息をついた。

欲しいものはある？　とわたしはいつもミンランに聞くのだった。言葉もわからない異国の地で、獣ばかりと向きあい暮らす少女に。

ミンランはいつも黒い目を丸くして首を横に振った。けれどある時、同じように欲しいものはあるかと言ったわたしに電子辞書をさした。

「これ？」

びっくりしてしまったが、当然のようにも思えた。わたしでさえ必要なのだ、ミンランも使いこなせれば、異国での生活がずいぶん楽になることだろう。

わたしはすぐに近くの本屋で簡単な翻訳発音つきの電子の辞書、そして紙の辞書を買ってミンランを訪ねた。ミンランは黒目がちな瞳をまんまるにしてそのふたつをうけとり、おそるおそる開いた。

「………」

獣の脂と、うなり声のするその動物小屋で。

なにかに隠れるみたいに、彼女は。

ゆっくりとページを繰り、舐めるように見回す。その沈黙をわたしは不快だとは思わず、隣で彼女のことを眺めた。

「気に入ってくれてよかった」

呟くと、ミンランが顔を上げた。わたしは、これを渡せて嬉しい、ということを、オーバー気味なアクションで伝えた。

「ねぇ、ほかに、欲しいものはある？」

いつもと同じ質問だった。ミンランは聞き慣れているであろうその質問に、辞書へと顔を落とした。

そして本を開き、ひとつの単語を先の丸い指でさした。

『本』

わたしは目を見開く。次にミンランはまたページを繰り、

『勉強』

そして、最後に。

『学校』

とさした。

わたしは言葉を失い、硬直してしまう。

本。勉強。学校。それらはすべて、少女サーカスに入れるならどれもいらないと、わたしがかつての世界に捨ててきたものだった。


「知多彩湖」

ある休日昼公演の直前、マネージャーに呼びだされた。チャペックではなく、知多彩湖として。そのことにわずかばかりの違和感をおぼえながら近づけば、マネージャーは手もとの書類から目を上げず、「今日は休みなさい」と言った。

「え？」

「プログラムの変更よ。新作の動物芸が間にあいそうだから、そちらに時間をとりたいの」

「でも、そんな、いきなり……」

「そのかわりに、あなたはカフカのサポートに回って。モニターとアドバイス、頼むわね」

　話はそこで終わりだった。わたしは呆然としていた。自分が、落とされた、ということが、頭ではわかっても、心ですぐに理解ができなかった。マネージャーもとうにいなくなっているのに、立ち尽くしていると、ぺたりと腕に、気配のない冷たい身体が寄り添った。

　驚き振り返ると、そこにいたのはオープニングの出番を控えた歌姫アンデルセンだった。真っ赤な口紅。冷たい身体。瞬きするたび睫毛がつむじ風を巻き起こしそうな長さの瞳でわたしを見上げて。

「あなたに頼みがあるの」

　と言った。わたしが聞き返す前に。

「猛獣使いから目を離さないで」

　それは強い声だった。「カフカ？」と聞き返せば、頷き、囁くような声で言う。「記者達がやっきになってる。あたしにはわかるから」あなたがそばにいた方が、抑止になると思う、というようなことをアンデルセンは言った。

　誰の、なんの、抑止なのかはわからなかった。歌姫も教えてはくれない。

「それからね」

　ついと視線を流し、辺りを気にして、今よりもっとおさえた声でアンデルセンが続けた。

「ブランコ乗りに気をつけて」

その意味深な言葉に、わたしは眉を寄せた。聞き捨てならなかった。他ならぬ、あのマリナのことだ。

「なに？」

「ここしばらくあたし達の周りをうろついている記者と関係をもっているわ」

関係をもっている。その言葉にわたしは顔を歪めた。

「マリナが裏切ったとでも言うの？」

「いいえ」

虚言癖がある、と週刊誌にも書かれたことがある彼女だったが、歌姫となってからの言葉はいつも虚でなく真としか聞こえなかった。

「ブランコ乗りは自分の信念に従う」

ただ、あなたがどことも通じてないのなら、あなたから切り崩される可能性もある。そんなことをアンデルセンが言った。

わたしはわけがわからなくて、混乱のまま首を横に振った。マネージャーの言葉からこちら、誰が、なにを言っているのか、その意図が摑めなかった。

するりとアンデルセンの人工爪がわたしの脇腹を撫でた。

「あなたには探られたって痛む腹も脛の傷もないのかもしれない。だとしたら余計に気をつけていらっしゃい、と言っているの」

嵌められるかもしれないわ、という囁きは、やはり嘘には聞こえなかったが、海をゆく人を惑わせ沈ませるという、人魚姫めいていた。

「どうして」

途方に暮れて言う、わたしの言葉に、ふっとアンデルセンは笑って、囁く。

「それが消費されるものの運命だから」

そして次の瞬間、射貫く視線は炎のようにきらめいていた。年齢も、キャリアも、すべて飛び越えて。

「それが嫌なら、船からおりなさい」

貫禄のある、高貴な言葉でアンデルセンが言う。

「今すぐにでも。一日でも、若いうちにね」

わたしは震える唇で、「……どこへ」と呟いた。なにが、どう、どこへ、なのかはわからない。わたしはなにを聞きたかったのだろう。

自分の行く末なんて、誰も教えてくれないってことぐらい、とっくにわかっているのに。

その、わたしの、頑是ない迷子のような言葉に、アンデルセンは目を細めて言った。

「あなたもいつか、サーカスより大切なものを見つけられたらわかるわ」

開演のベルが鳴る。

歌姫はかけていく。彼女のためのステージ。彼女のためのスポットライト。

彼女の歌のために。

そして廊下にとり残されたわたしは自分の下腹部、ちょうど子宮の位置を抱きしめるように身体を丸めて思うのだ。

サーカスより、大切な、ものなんてあるのだろうか。

このサーカスが、自分にとって、どれくらい大切なのかもわからないのに。


カフカから目を離すなと言われた。

それはわたしがカフカの世話役だからなのだろう。けれどそもそも、彼女にわたしは必要なのだろうか。

どこにも行き場がないように感じる。その所在なさと時を同じくして、わたしはマネージャーから休演を命じられることが多くなっていった。演目がどんどん派手になるカフカにステージの上での尺をあけ渡して。

パントマイムはこのサーカスを支える大事な演目だとマリナはマネージャーに何度もかけあってくれたようだけれど、それも、感謝するべきなのかどうなのかわからなかった。

(船からおりなさい)

アンデルセンの言葉が身体の中で反響している。

ここから逃げる。

一日でも若いうちに。

休みがちになりながらも、わたしは命じられれば舞台に立った。けれど、自分に届くファンレターは、なにが書いてあっても傷つくような気がして、開くことが出来なくなってしまった。

舞台の袖で、思う。拍手の音が聞こえる。

あの喝采は猛獣使いのカフカに与えられたもの。

わたしは次、妖精達のコーラスが終わったらパントマイムをしに舞台へ上がらなければならない。

――大丈夫？

隣にきてくれたサン＝テグジュペリの目にはそういう気遣いが浮かんでいた。声にはなっていなかったけれど。

アンデルセンは彼女が記者と通じていると言っていた。でも、本当に、わたし達には暴かれたところで困ることなど皆無なのだ。ブランコ乗りが彼らになにかの情報を売れるというなら、売ったたっていいと思っている。

あなたはそれだけのことをしてきた。そして、わたしは。

「出来る」

わたしは考えることもなく即答していた。出来る。しなければ、やらなければならない。

専用劇場のチケットは今日もソールドアウトだった。

わたしを待っている人が――そうだろうか、それは本当に、わたしを待っている人か？

しきりに首を振るわたしの肩を、「彩湖」と強い力でサン＝テグジュペリが……マリナが摑んだ。その顔を見返すと、唐突な郷愁に襲われた。

あなたと初めて会った、オーディション会場の化粧室を、思い出した。迷子のようなあなたがいた。わたしはどんな顔をしていただろう。

一番最初の、オーディションから残ったメンバーは、わたしとあなただけになってしまった。

そして、気づく。雷撃に撃たれるように、予感がある。

あなたは花となり、わたしはじきに地に落ちる。

それを、わたしだけが成らなかったのだとは思いたくはない。わたしは成った、確かに成ったのだ。たった一瞬であっても、栄光を摑んだ。運命に微笑まれた。

でも、同時に。

この舞台からおりても、わたし達は生きていかなければならない。それはわたしも、ブランコ乗りも歌姫も同じこと。

だとしたら。自問する。

わたしはなにを残せるだろう。わたしは誰を助けられるのだろう。

わたしはわたしの、未来をどうしたいのだろう。


公演を終えたわたしは劇場にも、団員の寮となっている宿舎にもいられなくて、ミンランのそばにいることが多くなった。

日本語の教本を与えられ、ひとつずつ文字を覚えていくミンラン。わたしも、同じ時間で中国語を覚えていった。

ミンランは、学校なんてはやくにドロップアウトしてしまったわたしよりも、ずっと賢い少女だった。

わたし達は身振り手振りと、辞書の中にある単語、電子辞書の翻訳システムを使って会話をする。

サーカスを見たい？　とわたしが聞けば、ミンランは首を横に振る。

そして辞書から、友達、という言葉を示して。

ぱちりと自分の膝の裏を叩き、また首を振る。

――友達が、叩かれるところは見たくない。

その、発語ではない、けれどなんとも細やかな意思表示はわたしの胸を締め付けた。

そして次に、ミンランは小さく首を傾げ、わたしを下から覗き込むように見上げ、とんとんと、胸よりも少し上をたたいた。

わたし？

頷くミンラン。

サーカスは見たくない。けれど、あなたの、踊る姿を見たい。

そうミンランの黒い瞳は語っていた。

わたしは微笑み、いつももち歩いているプレイヤーをスピーカーにして。


小さなミンラン。

薄暗い湾岸倉庫で。獣のにおいだけが充満した場所で。

わたしは舞う、観客はあなた、ひとりだけ。


わたしの無言の劇に、あなたは拍手もしなければ口笛を鳴らしもしなかったけれど。

泣いてくれるのね、わたしの演目のために。

可愛いミンラン。血は繋がらないけれど、あなたがわたしの家族だったらいいのにと思った。いびつで欠けてしまった愛情を、うけとってくれたならいいのに。

そして、その願い、欲望はいつしかわたしの——すべてとなっていった。


久々の出番となった休日の昼公演が終わったあと、すぐにブランコ乗りが声をかけてきた。

「最近のマイム、すごくいいと思う」

マリナの言葉は一切の世辞がない。まっすぐで、真剣だ。だからこそわたしも、「ありがとう」と素直に告げることが出来た。

「特にリピーターのお客さんが、チャペックを心待ちにしてる。もう少し出番を増やしてもらった方が――」

「マネージャーとも相談してのことよ。わたしの演目は多分、たまに出会えるからいいのよ。幸運のチャペック、ってね。なかなか気に入ってる」

舞台化粧を落とし、帰宅の用意をするわたしに、マリナはひと包みの封筒を渡してきた。

「これ、あなたに」

一番上にあったのは、Ｆからの手紙だった。わたしはもう一度「ありがとう」と告げて鞄の奥にしまった。Ｆの手紙はきっといつもの賛辞が重ねられていることだろう。だけど、あれほど欲しかったその賛辞に、昔ほどは惹かれない自分がいる。

なにが書かれているかわからないから怖いのではなく、今のわたしは賛辞を必要としていないのだ。あの喝采でさえ。

たったひとりの、輝く瞳にはかなわない。

「もうすぐクリスマス公演ね」

マリナが、わたしを呼び止めるためというように、不自然に語りかけてくる。本当はそんなことをしている間にも、身体を休めるか、新しい技を練習したいだろうに。

「この間も取材で聞かれたわ。専属のオーケストラ、専用の劇場。そういうものを得て、次はなにが欲しいですかって。なんだろう。次はなんだと思う？」

わたしはコートを羽織り、顔を隠す役割もある帽子を被る手を止めて、言う。

「わたし」

中空を見て、言葉、が、口を衝いてでた。

「学校をつくりたい」

驚いて視線を上げるブランコ乗りを振り返り、そっと目を細めて言う。

「この場所を目指した後輩達が、ここ以外でも生きていけるように」

サーカスの星にも、サーカスの花にも必要はないかもしれないけれど。わたしも捨ててきたものだけれど。それでも、きっと。

杏音のことを思い出す。ミンランのことを思い出す。そして大多数の、ここを去らなければならない人のことを。

そしていつか自分も去る日のことを。

マリナは「……そうね」と神妙に頷き、ずっとその言葉を噛みしめているようだった。

その細い肩に、一体何人の、どれだけの夢をのせているのか。わたしはそこから目をそむけるように、サーカスをあとにして、冬のカジノ街を走るタクシーにのり込んだ。

一日でもはやくと言われたけれど、わたしはサーカスの舞台をおりることもなく、また、気をつけろと言われた記者達も、これといった動きがなく、クリスマスを迎えようとしていた。

わたしはコートを着たまま、ある時は冷たいコンテナ、ある時は南国のような温度調整をしているコンテナでミンランと過ごしていた。

　このまま、この時が続けばいいと思っていたある夜のこと。

「おつかれさま、ミンラン？」

　コンテナの奥で、いつものように声をかけたわたしの姿を見つけて、ミンランがはっと顔色をかえた。

「！」

　そのまま身を翻したミンランが、わたしに体当たりをして、傍らにあった干し草の山にわたしの身を沈めた。その上から、干し草が降り積もってくる。

　わけのわからないままに目を白黒させていると、このコンテナ街には不似合いな、「なんだ」「誰かいるのか？」というような乱暴な男性の声がした。

　それから荷物を運び込む、電動車輪の音。重なるような、複数の男達の会話。

　日本語の間に、早口の中国語がまじる。それらは時折意味のとれないものがあったが、ミンランに対して「いつものガキだ」というようなことを言った。そしてここから離れるような足音と乱暴な口調。「大丈夫なのか？」「構わん。口がきけない子供をそのために置いてるって話だ」あんまり声をだすな、と他の声が制する。余計な人間に聞かれたらまずい。

　わたしは息を詰めている。

ここでいいのか、と荷物を確かめる声。「ああ、うけとりは明日の朝だ」「連絡を」会話が遠ざかっていく間、わたしは干し草の間で耳だけをそばだてて、状況を少しでも判じようと神経を尖らせていた。

シャッターが閉まる音。それからまたしばらくたち、人の気配が完全に消えてから、ミンランの小さな手が、干し草をかき分けてくれた。

黒い瞳がわたしを見つけて、ほっとしたような、同時に悲しそうな顔をした。頭を下げてわたしの首元にこすりつけるその仕草は、とても動物めいた「謝罪」と「懇願」のようだった。

わたしは大丈夫だというようにミンランの頭を撫で、コンテナの端、普段ならなにもない場所に置かれた、幾つかの木箱に目をやった。

「あれはなに？」

こたえられないこともわかっているのに、思わず口にだしていた。ミンランはただ、首を振った。知らない、だったのか。わからない、だったのか。それとも、見てはいけない、だったのか……。

古い木箱には、中国語の貼り紙がされていた。他の荷物で見覚えがある。これは確か、「取り扱い注意」や「飼料」などの意味だろう。けれどいつも積まれている荷物とはまったく形状が違っていたし、中になにか不気味な、「気配」があった。

わたしとは別の側面を見ていたミンランが、道具箱から先の尖ったピックのようなものをとりだし、カン、カン！　と穴をあけるように打ち付けた。

その、小さな横顔には不似合いなほど鬼気迫る様子に、わたしが危ないからと止めることも出来ないでいると、ミンランは箱に幾つかの穴をあけ、ひとつ大きめにあいた場所から、水を注ぐことのできるボトルを差し込んだ。他の動物達の飼育に使われるものだった。

わたしは嫌な、確信にも似た嫌な予感をもちながら、小さな穴から中を覗き見る。中は暗く、なにも見えない。けれど……息づかいが、あった。小さくはない動物の、うなり声のような、息づかいだ。

（これは、違う）

これをもち込んだ人間達の言葉を思い出す。これは、飼料では、ない。ましてや、なんの許可もなく、正式な手続きも通さずに、この国にもち込んでいいものでも、ないだろう。

大陸からくる特殊な船。

いろいろなものを見逃されて。

トン、トン、という音がした。ミンランが箱を叩く音だ。耳をそばだて、水を注いで。

ミンランは、泣いていた。

心ない扱いをされるであろう、「友達」のために……。

わたしは男達の言葉を、思い出す。口がきけない子供を、そのために置いている、という、あの。

「ミンラン」

わたしはその頭を、抱き寄せる。その悲しみを、言葉ではなくうけとめるために。物言わぬあなた、物言わぬからという理由でここに置かれているあなたが。こうして涙を落とさねばならないというのならば、わたし達のしていることは一体なんなのだろう。

その日わたし達は彼女の小さな寝室で、藁の方が寝心地がいいようなベッドで、抱きしめあいながら眠った。

言葉をもたないミンランは、涙を流す時もか細く喉を鳴らすだけだ。

胸の中で、その慟哭を抱きしめながら、わたしはなにも出来ないのかと自分に問う。

杏音もそう。ミンランもそう。

どうしてわたしは、愛おしい子の心も守れないのだろう。

その数日後のことだった。クリスマスの直前、夜公演を終えたわたし達に、ひとつの知らせが舞い込んできた。

「強制送還？　本国に？」

昼公演にはでていたカフカが夜公演で急に休演となり、その代理として順当のようにわたしが公演にでていた。

舞い込んできたのは、ズーハンの降板という、提案ではなく確定事項だった。

「どうして！」

　そう叫んだのはマリナで、「決定なのね？」と聞いたのはアンデルセンだ。マネージャーは能面のような顔で頷いた。

　身をのりだしたのはマリナだった。

「理由は――」

「それを聞いてどうするの？」

　アンデルセンがターンをするようにサン＝テグジュペリに向き直る。

「大人が決めた決定の理由を聞いて、子供が解決出来たためしなんかないでしょう？」

「それでも出来ることはあるはず」

　睨み付けるようにマリナが言う。そう、わたし達はそうして自分のステージを、サーカス団を手に入れてきた。

　アンデルセンは、マリナの激情をうけ流して静かに言う。

「あたしはなんにも知らないけれど」

　そこであざやかに笑って、小さな声で言った。

「あなたの方が知っているんじゃない？　ブランコ乗り」

　その言葉に、一瞬マリナの表情が凍ったのを見たのは、わたしだけだったのかもしれない。すぐさまアンデルセンは身を翻し、

「でも、あたしはその理由だかなんだかに興味はないわ」

そう言ってマネージャーに聞き直した。

「あたしが気にするのは、このサーカスがどうなるのかだけ。動物芸を、どうするつもり？　猛獣使いがいなくなったから、はいおしまい？」

鳴り物入りで、大陸から呼び寄せた。これからマスコミが手の平を返して彼らのことをどう書くのかと思うと、背筋が寒くなる。

「まだ、決まってはいないけれど、しばらくは……」

「終わらせない！」

マリナが叫ぶ。

「サーカスは歩みを止めない。そうでしょう、彩湖！」

その時きっとマリナの心に響いた言葉が、共鳴するようにわたしにも聞こえた、気がした。

人がかわっても、名前はかわらないと言った、あの子は。

こんな日がくることを想像しただろうか。

（「多くの人が、その演目をしたいと言うと思います。その名前を名乗りたいって。わたしだって……。でも、一番その演目にふさわしい人が、一番前にでるのだと思います。だから、その名は、その人のものだと思います。彩湖先輩が、このサーカスにいる限り、このサーカスでパントマイムをする限り、先輩以上のチャペックはいないのだから、先輩が、チャペックです」）

わたしは、チャペック。

あなたは、サン＝テグジュペリ。

カフカは、カフカは……。

血が下がり、指先が冷たくなっていく。

わたしはきっと、嘘を、つけない人間なのだろう。だから、顔を覆い、目を伏せて、かすれた、震える声で言った。

「……どうするべきか、わからないわ」

でも、あなたの決定に従う、とサン＝テグジュペリに告げる。

サーカスの星は、あなただから。


カフカ退団の報をうけて、マネージャーとマリナはずっと、言い争いにも似た討論をしている。百戦錬磨でわたし達をいなしてきたマネージャーが少しおされているようにも見えるのは、きっとわたし達に大きな前科（あるいは、勝ち星）があるからだろう。

わたし達はいつだって、わたし達のサーカスを、わたし達の手で手に入れてきた。

わたしが無言のまま俯いていると、その冷たい指を、もっと冷たい細い指に絡められた。

「やってられない。時間の無駄じゃない？」

わたしの腕にもたれ、耳元へ囁くように言ったのはアンデルセンだった。そして彼女はわたしの指を、小指だけ摑んで、気配もなく劇場から抜けだす。

専用劇場の裏口、関係者しか入れない駐車場に停まっていたのは、白いスポーツカーだ。車種には詳しくないから、高級そうな車だということしかわからない。

わたし達の姿に目を留めて、運転席の男がくすんだウィンドウを下げた。

「センセイ」

アンデルセンがわたしの聞いたことのないような、甘い声をだした。彼女のいつもの言葉とも、歌ともまるで違う響きだった。その響きに驚いて、足を止める。

アンデルセンが甘え声でそう呼んだのは、他でもない、『生徳会』病院の鷲塚片理、その人だった。

彼はサングラスの下から、上目づかいでアンデルセンを見て、さぞ高級なのであろう自分の腕時計を示して見せる。

「俺を待たせていいって、誰が言っていた？」

「ごめんなさい。素敵な人を待たせちゃうのは女の子の特権だから」

甘えた歌姫の言葉を、鷲塚は歯牙にもかけず、ひとたばの紙を投げてきた。

白い紙に、広がる真っ黒なインク。覗き込むまでもなく、躍る文字が飛び込んできた。

【カジノサーカス団、違法動物密輸の温床!?】

わたしはその言葉を、異国のそれのように、うけとめきれないでいる。

「このスキャンダルがでたら、君達サーカスはおしまいだ」

嘲る感情を隠しもせずに、なんなら哀れみさえ滲ませて鷺塚が言うけれど、サーカスの歌姫、すべての客を招き、迎え入れる少女は余裕の笑みを崩すことはなかった。

「幾らで止めていただいたの？」

鷺塚の顔が一瞬、表情をなくす。

「何故お前達のために金を積むと思う？」

「あたし達のためではないわ。ご自分のためよ。この取引が掘り返されれば、このカジノ街の裏で行われている、非合法な取引が芋づる式に白日の下に晒されるかもしれない。そうなれば、あなたの生徳会も無関係ではいられない。違う？」

カジノ依存症のためのお薬は、ずいぶんたくさん、いろんなところが関わっているんでしょう？

臆することのない歌姫の言葉に、鷺塚は、呆れるでも怒るでもなく、哀れみめいた色をその目に浮かべた。

「君だけはもう少し、利口な子供だと思っていたんだけどね」

言葉の、色が、変わる。どういう変化であるのかは、立ち尽くすわたしにはわからないけれど。

歌姫は再び臆することなく言い放った。

「従順なだけじゃ、本当に大切なものを守れないもの」

その声は、言葉は、あまりに強かった。

鷺塚は鼻を鳴らし、顔をそらして横顔だけを見せながら言った。

「この出版社の役員には昔大きな貸しがあってね。まさか今になってもちだされるとは思ってなかっただろうが、大した金はかからなかったよ」

さっすがセンセイ！　とうたうようにアンデルセンが言う。七色のような声音だった。彼女にかかればすべてがそう、甘い夢のよう。

けれど鷺塚は決してその夢には浸ることがなかった。次にこちらを向いた時、その目は今までのどの眼光よりも暗く射貫いてきた。

「まあ、金だけじゃあ済まないってことさ」

指輪はない太い指が、紙束をさす。

「これだけ大きな誌面に穴をあけるんだ。売り上げもずいぶん見込んでいたはずだ。そのかわりに、もちろん埋めてもらえるんだろう？　汚い仕事はしないと評判の、サーカスの箱入り娘達にね」

その言葉が、なにをさすのかはわたしにはわからなかった。けれど、しん、と駐車場の冷たい空気が、もう一段階下がるのがわかった。

「誰にご登場願う？　誰でも俺から紹介してあげるよ。こちらにおわす傲慢な歌姫でも、そこのひねた顔をしたパントマイマーでも、あのおそれ知らずのブランコ乗りでもね！」

歪めた顔で、値踏みされている、のがわかった。サングラスの下のおそろしい目で。それは、今にはじまったことではないのだろうけれども。

けれど駐車場に、冷気を裂くような哄笑が響いた。

ホールのように反響する。人魚姫でも、マッチ売りの少女でもない、悪い魔女のように笑う、アンデルセン。

「ご冗談だわ」

そして自分の胸元を、叩き、高らかに宣言する。

「あたしが一番高値がつくに決まっているでしょう？」

そしてぴたりと笑いを止め、その七色の声を冷徹に凍らせて言うのだ。

「水着でも、ヌードでも構わないわ」

横顔は、戦場にでも向かうジャンヌ・ダルクのようだった。

「あたしだけで済むなら、御の字よ」

その時はじめて、本当に愚かなことだけれど、その時はじめてわたしは理解をしたのだ。

握り潰された週刊誌の記事。そのかわりに用意される、少女の生贄。

なんのために？

わたし達は、なにひとつ、悪事など働いてはいないのに。これほどまでに、命を捧げているというのに！

なんのために、という問いだけが、自分の中でうずまいている。

歌姫の言葉を真っ向からうけた鷲塚は、その顔から一切の余裕を消した。顔をそむけて小さく何事かを吐き捨て、ハンドルを殴った。はじめて彼が見せる、人間らしい苛立ちだった。

「こうなるだろうから、こんな見世物は嫌だと言ったんだ」

唾を吐くように、言い捨てる。

「そういう写真を撮らせることで、一気に君達は性的消費をされるレールにのる。民衆を見下す貴族から、手足をもがれる娼婦に！　そういう風に扱っていいものを、丁重に、あなにより丁重に俺達大人は扱うだろう！」

絞りだされるようなそれは、生きる苦しみにも似ていた。

「いつだって弱い女子供が最初にやられる」

その言葉にアンデルセンが一歩踏みだした。高級車のウィンドウにすがりつき、魔女のようだった、戦士のようだった少女は。

「鷲塚センセイ。それはおかしいわ」

今度は母親のように優しく囁くのだ。

「人はみんな弱いものよ」

冷たい霊廟のような駐車場に、アンデルセンの優しい優しい、泣きそうな声だけが響く。

「だから、この身を賭けて守れるものなんてね、そう多くはないの」

その声が。声なき嘆きが。涙の気配が。わたしの胸に記憶を呼び覚ます。

いつだってわたしの胸の中で泣いていた小さなあなた。

大切な、ものはなに？

なんのために。

誰のために！

そうして気づけばわたしは一歩、踏みだしていた。

「アンデルセン」

高貴な人の名を呼ぶわたしの声は、貴族をおそれる民衆らしく無様に震えている。けれど。

「それから、先生」

わたしは、どんなことでもしよう。なににだってすがろう。

わたしが、わたしの。たったひとつ、大切なもののために。

「お願い、が、あります」

多分――わたしの――パントマイムのチャペックの――これは――最初で最後の願いだ。

⚜ 幕間 ⚜　Fからの手紙 Ⅳ

少女サーカスの皆さん

これまでたくさんの手紙を、サーカス団の皆さんに送らせていただきました。でも、今、この手紙を一体どなたにあてればいいのか、わたしにはわかりません。それでも、読んで下さると信じて。わたしの、ちっぽけなわたしの、とるに足らない言葉ですが、それでも、誰かに届いて欲しいと願わずにはいられず、こうして筆をとっています。

本日ニュースで流れた情報に、わたしは自分の目を、耳を疑いました。猛獣使いカフカの降板とは、どういうことですか。

代替わりだなんて、そんなの絶対に許せません。

一体なにがあったのか、誰に聞くことも出来ず、どんな憶測も、耳にしたくはありません。皆さんの言葉しか知りたくない。

わたしの中では猛獣使いはズーハンさまだけなのです。他の誰がきたって、愛することは出来ない。それは、ブランコ乗りだって、歌姫だって、パントマイムだってそうなのです。

他の誰かなんて考えられない。

返して下さい。

お願い、わたしのカフカを返して！

Fより

本国に帰ったズーハンのかわりに、猛獣使いのカフカを襲名したのは動物達と一緒に日本に残されたミンランだった。

急ごしらえの演出プランで、緊張に顔をこわばらせるミンランに、わたしは舞台化粧をほどこした。

「おいで、ミンラン」

分厚い胴乱（ドーラン）で、顔の痣が隠れるように。

そしてあなたに、魔法をかけましょう。

あの舞台でスポットライトを浴びられますように。

アンデルセンの歌が聞こえる。すべての醜聞、不満や混乱も飲み込んで。ここにきた人間をサーカスに落とし込む、天使のような、蟻地獄のような歌が。

舞台袖で、出番を待つ。あなたの、小さな肩は震えている。

「大丈夫、あなたの友達があなたと一緒にいてくれる」

振り返る、黒い瞳の中には。

「わたしもここにいるわ」

あなたを見てる。

わたしのために舞台に立ってと、わたしはその肩を抱きしめる。

❦幕間❦　Fからの手紙　V

少女サーカスの皆さん

　この手紙を、一体誰に向けたらいいのか。

　書くべきなのか、書かないべきなのか。これまでの、いえ、今までも。わたしの手紙は一体なんだったのでしょうか。

　わたしの前の手紙を覚えていますか。いいえ、覚えてはいらっしゃらないと思います。ううん、もしかしたら覚えていらっしゃるのかもしれない。だって、わたしはとても失礼なファンだったから。ファンだとさえも言えないかもしれないから。

　わたしはかつて、手紙で、カフカの代替わりを許せないと言いました。新しいカフカなんて、許せないって。

　でも、でも今日、絶対に許してなるものかと座席に座って、幕が上がって、幕がおりた、その瞬間に。

　自分が泣いているのに気がつきました。

　こんなにも泣いてしまったのは、いつぶりかわかりません。いえ、カフカの代替わりを知った時も、ずいぶん泣いてしまったけれど、それとはまた、違う涙でした。

二代目猛獣使いカフカの演技を見て。

その日、その瞬間に。わたしは彼女の演目を、新しい猛獣使いを、愛してしまったのです——。

初代カフカ以上の、猛獣使いなんていないって、ずっと信じていたのに。

この気持ちは裏切りでしょうか。だとしたら、なにに？　誰に？

もう、わからなくなってしまいました。ただひとつわかるのは、これからもこのサーカスを追いかけ、応援し続けるということだけ。

けれど。

わたしは、わたしは。

なんと罪深いものを、愛したのでしょうか……。

Fより

わたしは控え室で、その手紙を読んでいた。カフカは日本語が読めなかったから、カフカにあてた手紙は、すべてわたしが彼女に読んで伝えることになっていた。演者の代替わりで仕事に奔走する、マネージャーからの指示ではなく、わたし達演目者で決めたことだった。

少しでも、あの小さな猛獣使いの心の助けになるように。

舞台に上がってしまえば、そこはひとり。戦場と同じだから。

彼女の演目が終われば、次はわたし。わたしのパントマイム。わたしの演目には、誰の声援もいらないと思った。

わたしが、わたしの。わたしのために、すべての命を表現にかえてみせよう。

そう思った、時だった。

控え室に、劇場に、建物全体に、開演と同じブザーが鳴り響いた。

いつもなら人々や演目者の心を躍らせるはずのそれだったけれど、こんな時に鳴り響くなんて。わたしは舞台の様子をモニターで見たが、接続が切られたのか、そこには真っ黒な空間しか映っていなかった。

「緞帳をおろして！」

マネージャーの金切り声がする。わたしはもつれる足を無理やり前にだし、人垣が出来ている袖から、舞台に飛びだす。

本当は、カフカが、たったひとりで、いいや、彼女の友達と一緒に演目をしているはずの場所に。

ひとつだけのスポットライトが、人の輪の中で倒れる小さな少女をとらえた。

「ミンラン！！！！！！！！！！！」

わたしの絶叫が、劇場に響き渡る。
そこで声をこらえなかったわたしは。
最後まで、サーカス団員としては、失格以外のなにものでもなかっただろう。

幕間　Fからの手紙 Ⅵ

（白い百合の花束に添えられて）

二代目　猛獣使いのカフカさま

R.I.P

Fより

それからの話を……ひとまずは、客観的な事実だけを、わたし、初代パントマイムのチャペックから話そう。

二代目を襲名したばかりのカフカは、演目中急に暴れだした象の背から落下した。すぐさま救急車が呼ばれ、「生徳会」の病院に運ばれたが、ほどなく死亡が確認された。

二代目カフカの死は、初代カフカの代替わりよりもよほどセンセーショナルなニュースとなり、世の中に知らしめられることとなる。

まるでその準備があったかのように、一番最初にニュースを出した週刊誌は、過去最高の部数を叩きだしたのだという。

サーカスは業務上の監督責任を問われ、会社の上層部の首がすげかえられたという。猛獣使いのカフカは永久欠番となった。きっと……これから先も永遠に、その代が進むことは、ないのだろう。

そして初代ナイフ投げのクリスティ、そして初代パントマイムのチャペックもまた——数ヶ月にわたる休演ののち、「二代目」が襲名されることとなる。

式らしい見送りの式もなく、知多彩湖は消えた。

いいや、新しく生まれたというべきなのだろう。

わたしの、パントマイムのロボットのように。

二代目チャペックは誰が「そう」なったのか、わたし……知多彩湖は知らない。きっと、これから先も知ることはないだろう。

わたしの暮らす、この山中の集落には、日本のニュースが届くことはない。たまに届く日本からの手紙は、開封しないままだ。まだ、わたしにはその勇気がないし、必要とも感じたことがない。

多くを手放し、なにもたないわたしだけれど、わたしはこの異国で、たったひとつのものを手に入れた。

この選択が、正しかったのかはわからない。

いや、正しくなんかなかったのだろう。

正しくなくてもいいと思ったのだ。それが、今の、すべてで。そして、これからもそのことだけを、信じていけたらいいと思う。

そんなことを考えながら家事をこなしていると、玄関先から物音がした。

たったひとりの家族が、学校から帰ったのだろう。

彼女は微笑んでいる。その顔のかたちは、以前と大きく変わってしまったが——片目の赤みだけが、かすかに彼女の名残を残している。

わたしはまだまだ下手くそな、この国の言葉で彼女を迎え入れた。

「你回来了（おかえりなさい）、明蘭（ミンラン）」

小さなあなたが、幸福そうに微笑んだ。

⚜ 幕間 ⚜ Fからの手紙 Ⅶ

少女サーカス団
ブランコ乗りのサン＝テグジュペリ　青山マリナさま

辺りはそろそろ夏の気配です。お元気ですか？

いえ、お元気であることは、よく存じております。今夜の公演のブランコ乗りも、素晴らしいものでした。

今回のシーズンの新曲は、わたし達をまるで、宇宙のただ中まで連れて行ってくれるかのようです。

本当なんですよ。サン＝テグジュペリが空中で華麗な宙返りを決める、その瞬間、わたしの身体も、空を飛んでいるのです。

公演ディスクも発売されましたね。待望の円盤化、おめでとうございます。もちろん発売日に購入させていただきました。店舗での特典も集められるだけ、でももちろん、一番はファンクラブを通じての購入でした。

リリースイベントにも参加しましたが……マリナさまは、いらっしゃいませんでしたね。もちろん、公演最優先。そのお姿を見せていただけるだけで、わたし達ファンは、幸せ以外のなにものでもありません。

とはいえ、サン＝テグジュペリ。あなたから、笑顔が消えたのは、いつからでしょうか。

思い返せば専用劇場がオープンし、猛獣使いカフカがサーカスに訪れ、そして去り。

チャペック――知多彩湖さまも、舞台の上からは消えてしまいました。

何度か、記録映像でも、ニュース映像でも構わないから、入らなかった方々の分まで円盤に入れてもらえないものか……事務局にもお願いをしてみましたが、叶うことはありませんでした。いえ、今でもまだ、諦めていません。要望はだし続けていきたいと思っています。

そしてたとえ歴史には残らなくとも、わたしの心には、皆様の奇跡のような演目が刻まれています。

毎日毎日考えます。自分はこのサーカスのために、一体なにが出来るだろう。チケットを買い、拍手をし、こうして手紙を書く。それ以外に、それ以上に。そのたびに、自分の無力さに打ちひしがれるけれど……。

少女サーカスを愛する気持ちだけは、本当です。

青山マリナさま、お元気ですか。おつらくは、ありませんか。

今日も、あなたの心と体が、健やかであるように祈っています。あなたの美しいシルエットが舞台上に浮かぶたび、ああ、サーカスにきたのだという喜びにあふれるのです。

でも、いつ休まれてもいいんですよ。

天に輝く星が、雲に隠れても、輝き続けているように。

あなたは、わたしの星、そのものです。

ブランコ乗りのサン＝テグジュペリさま。

あなたがこのサーカスにいてくれるだけで。ブランコを手放さないでいてくれるだけで。

わたしはずっと、ずっと嬉しい。

あなたはわたしの、サーカスそのものです。

Fより

第四幕

黄金のマリナ《退団記者会見》

Act 4

身体が、鉛のように重かった。

毎朝、ドレスのまま海に沈められたかのような、強い重力を感じてあえぐように目を覚ます。

その度に、ここはどこだと考え、湾岸地域のカジノ特区と思い至る。そこにある、サーカス団のための宿舎だった。

部屋は白く、何ヶ月、きっと何年経っても物が少ない。

のろのろと着替えながら、机に置かれた写真立てを、そこに飾られた写真を見る。もう、何年も前のものだった。

写真の中で私と、彩湖、そして真ん中に杏音がいて、寄り添うように笑っている。

もう、三人だけになってしまったねと言ったのはいつのことだっただろう。

今、私は、ひとりだけになってしまった。

着替えも半ばに、暗い部屋に蹲(うずくま)る。身体が重い。泣いてしまえたら楽だろうに、涙は決してでない。

そして蹲るたびに、私の孤独は間違っているとも思うのだった。誰が去り、誰が消えても、サーカスの人数は増え、演目者は増え、関係者は増え、肥大していっても。

私は最初から、ひとりだったはずだった。

私は、私のために、このサーカスにひとりできた。

そのことだけが、私を立ち上がらせ、突き動かす。チャペックの踊るマリオネットのように、サーカスへ向かわせる。

今日も今夜も、私を照らすスポットライトがある。

私に、サーカスがあってよかった。

ブランコがあってよかった。きっと。


いつものように朝の練習場に入ると、私よりも先にきている人影があった。警備員でもなければ、トレーナーでもない。

「おはようございます」と声をかける。

スーツに身を包み、立ったまま書類を眺めていたその人が振り返り、挨拶よりも先に言う。

「体調はどうですか？」

早朝なのに鮮やかにひかれた口紅で、温度の低い声で言った。彼女は最近アシスタントプロデューサーという肩書きで、サーカスを取り仕切る運営会社からやってきた女性だった。

異国からきたカフカがサーカスから消えて、坂崎マネージャーも時を同じくして会社を去った。

かわりに現れた女性は年若かったが、江藤(えとう)というその平凡な名前には聞き覚えがあった。

アンデルセンに目を向けると、彼女は表情をかえず小さく頷いた。

江藤沙阿子という名の彼女は運営会社の役員の娘だった。イベント制作会社をはさんでいたこれまでの運営態勢から、勢力図が完全に書きかわったのだった。

自分達はかわっていく。中からも、外からも。なにが残り、なにがうけ継がれるのだろう。最後に残るのは名前だけだろうか。

名前だけでも、継がれるものがあるならいいと思う。

江藤さんの肩書きはアシスタントプロデューサーだったが、アンデルセンは「マネ」と呼び続けた。江藤マネ。マネちゃん。アンデルセンが言うのだから、私達もその呼び方に倣った。

江藤マネは若いだろうに、より若い私達の中で舐められないように、いつも髪をきっちりとまとめて、度の強い眼鏡をかけていた。前職は違う業種だったらしく、まだ運営としてもマネージャーとしても大した経験も実績もない彼女がこのサーカスの中で、責任の重い立場についた理由については詮索しないけれど、彼女は私達にとって敵でもなければ味方でもない、そういう中立な、鋼鉄の立場を崩すことはなかった。

「公演は、でられます」

壁を向きストレッチをしながら私は江藤マネにこたえる。空調の効いた練習場の空気は、外の湿度から隔絶されてどこか冷たい。

そうじゃなくて、と江藤マネは苛立ったような口調で言った。

「終わってから時間がとれませんか？　どうしても、次のディスクに収録するインタビューが必要なんです。初代サン＝テグジュペリのコメントをみんなが求めている。わかっているでしょう？」

　わかっている？　私がなにをわかっているというのだろう。このサーカスのことだろうか。ブランコ乗りのことだろうか。

　自嘲気味に、笑う。

「初代だというなら、アンデルセンだってそうですよ。フラフープのヘッセもそうだし、三代目チャペックは、すごく人気じゃないですか。インタビュー、私である理由はないと思います」

「本気で言っているの？」

　声色にさらに苛立ちがまじる。私はそちらを見られない。

「怒らないで下さい」

　かなしくなる、と言う私の乾いた言葉に、江藤マネは首を振って息を吐いた。その横顔には厚い化粧でも隠しきれない疲れが滲んでいる。

　時折、この人の存在はなんだろうと思う。母親とも違うし、上司とも違う。これまでのマネージャーほど口うるさくもなければ、機械的といえるほどドライでもない。厳しいということだけは確かで、とにかくかくあるべしという姿を崩さない人だった。

　やはり、偉大な人を親にもつということは、そういうことなんだろうか。彩湖がいたらなんと言っただろう、ということを、顔をそらして考えないようにする。

江藤マネはいつももっているタブレットを開くと、その最新機器を触りながら言った。

「今日は春に開校する曲芸学校の着工式もあるわ」

「それは、行きます」

返す刀で私はこたえる。

「チャペックの願いですから」

今はもういない仲間が、夢見るように言っていた。学校をつくりたいと。

彼女はその夢を果たすことなく突然このサーカスから消えた。けれどそれを責めること は誰にも出来ない。私にも出来ないのだから、他の誰にも、そんなことはさせたくなかった。

ただ、残された彼女の望みは叶えたい。それくらいしか、彼女に対して私の出来ることはない。彼女の残した軌跡はないのだから。

「ブランコ乗り、あなたは——」

江藤マネはなにかを言いかけ、言葉を止める。

「いいえ。怪我には気をつけて」

そう言ってマネはきびすを返す。私は練習用のブランコを見上げる。見えもしない真昼の星を探すように。

週に一度の昼公演の休演日にあわせて、曲芸学校の着工式があった。

華々しく、大々的な式となった。第一期生は現在選考中だという。まだ幼いような少女達が、私のオーディション時よりもはるかに高い倍率の中この学校に入学してくるのだろう。決して安くはない入学金、授業料を支払い、時間と未来を捧げるようにして。

記者やカメラが大勢並んだが、その中に知りあいの顔を見つけた。会場の裏手で呼び止められる。

「浮かない顔じゃありませんか？」

「犬丸（いぬまる）さん」

私は声をひそめて彼の名前を呼んだ。男性ではあるが少し長めの黒髪をひとつにくくった姿は、スーツを着ていてもただのサラリーマンには見えないだろう。吊り目すぎるきらいはあるものの、人好きのするにこやかな青年の職業は大手週刊誌の記者だった。

私に、サーカスの話を聞きたいと、個人的なコンタクトをとってきたのだ。

「外で声をかけないで下さい」

アンデルセンや、会社の人間に見つかったらあらぬ疑いをかけられてしまう。宣伝業務は常に会社を通さねばならず、個人的な取材をうけることはかたく禁じられていた。

しかし犬丸さんは穏やかに笑い、言う。

「つれないことをおっしゃる。このようなところで、偶然出会えた友人に、ねぇ？」

――そう、犬丸さんは私の数少ない「お友達」だった。

個人的な、友人。それが偶然マスコミの、週刊誌記者という職業だっただけ。

そんな言い訳が通るとは、私も思ってはいない。ただ、私の気持ちの置き所の問題だった。辺りに視線を彷徨わせ、ひとけがないのを確認してから私は言った。

「なにか？」

じゃじゃあん、と陽気な音を、犬丸さんは口からだした。

「朗報というやつよ。ぜひともはやく聞いて欲しかったから、君に会えた僕はなんとも運がいい！」

いつももっている手帳を開きながら、犬丸さんは早口で言う。

「もうすぐ、君の望んでいた仕事が回ってくるでしょう」

それは占いのようだった。天気予報。星占い。当たるも八卦、当たらぬも八卦。

私は表情をかえることなく、彼の手渡してくるその「情報」をうけとった。なんの見返りもなしに。何故なら、私は彼の、お友達だから。

彼は続ける。

「うけるも断るも君次第というやつですよ。ただ、制作会社の重役達は特に君の起用にご執心だと伝えておくね。歌姫はあれでも経験者だから、目新しさが違うというわけ」

いつでも笑っているように見える、細い片目をつむる。

犬丸さんはサーカスの結成以前から私達のことを追いかけていたのだという。

私達でさえ知らない、私達自身のことまで、彼は知っていた。

だからきっと、未来のこともわかるのだろうと思う時がある。

私は少し、ぼんやりとした口調で言った。

「それは、私のはじめて、にふさわしい案件ですか？」

犬丸さんの返答は迷いがない。

「少なくとも、このあとには大型のコマーシャル仕事が控えていることは確か。大元の代理店は、すでにこの国を牛耳ってるガバメントですから」

彼の耳障りなカタカナ語の使い方はいつも私の精神を逆撫でする。

「ありがとうございます」

「ちなみに、うけてくれますか？」

その一瞬、私は気づく。これは「根回し」だったのではないか。私に朗報と言ったが、私がこの仕事をうけるということが、「朗報」となる人間がいないと、どうして言える？

たとえ、そうだとしても。

「断りません」

私は、決めていた。

「せっかく友達に教えてもらったお話ですから」

そして私は犬丸さんを置いてその場を去る。別れの挨拶もなければ、次に会う約束もしないで。

劇場に戻る車の中で私は思い出す。彼との出会いは突然だった。

つけられていたのだろう。今にして思えば、だ。休演日の特区内のこと。とあるホテルの高層階にあるバーをカフェとして利用しようとして、エレベーターにのった瞬間、犬丸さんは同じエレベーターにのり込んできた。

他に誰ものらなかったため、私は一歩引いて、その男性と距離をとった。珍しくオフだったから、プロデューサーもマネージャーも連れてはいなかった。

犬丸さんは注意深く一歩、距離を詰めるのではなく開いてから、言った。

『パイロット?』

私は眉を寄せた。飛行士——パイロット。ブランコに乗る、私の冠を知っている人。それでいて、もってまわった言い方で、好奇や憧憬ではない色を瞳にのせて私の方を見る人だった。私は瞬間的に動線を確認し、非常ボタンの位置も確認した。

商品である限り「少女」と呼ばれるのは許容するとしても、自分がこの街で何者であるのかを、知らない顔が出来るほど幼くはなかった。

相手は慌てて自分の名刺をだした。私はそれをうけとらず、素早く文字だけを読んだ。大手出版社の名前が書いてあった。

肩からさげたハンドバッグを強く摑む。

『待って待って逃げないで、僕は確かに君達に嫌われがちな記者ですが!』

エレベーターという密室、不自然なGのかかる場所で、彼は特有のはきはきとした早口でもって喋った。

『君にとっては、有益な情報の提供者となれる可能性があります。いかがですか？』

訪問販売のセールストークのようだった。そんなもの、うけたことはないけれど。

高層階に行くエレベーターはすでに最上階にさしかかりつつあった。私は自分の身の軽さを確かめ、トントンとつま先で床を叩いた。いざとなればヒールなど脱ぎ捨てればいいだろう。彼の脇をすり抜けエレベーターを飛びだす、その脳内イメージをつくる。

大丈夫。

ブランコよりも怖いことなんかない。

チン、と小さなベルのような音が鳴って、私はふかふかとした絨毯敷きの床を蹴った。

相手は私を引き留めるようなことはしなかった。触れるようなことも。ただ、名刺を差しだしたまま、声だけで鼓膜を撫でてみせた。

その、言葉が。

『たとえば、生徳会の役員先生についての話だとかね』

私の足を止めさせ、それどころか、振り返らせる。

ひとつにまとめた私の長い髪の尾が、空を切った。

犬丸さんはエレベーターから降りてこなかった。ただ、そのドアの「開」ボタンを押したままで、名刺を差しだし続けていた。

『――あなた』

私はその時なにを言おうとしたのだろう。あとから思い返しても、どんな言葉が自分の心に添うものだったのかはわからなかった。

ただ、人の心を勝手に読みとり、脚色し、他人に売りつける。華々しいその虚飾を生業としている彼は、にこやかにこたえたのだ。

『僕は犬丸。犬丸修二(しゅうじ)です。週刊サージの！　またお話ししましょう！』

指先を開閉ボタンから離したのだろう。彼の姿はエレベーターの扉によって遮断され、そうしてまた不自然なGでもって地上へと降りていった。

『お客様、どうかなさいましたか』と、奥のバーの店員が尋ねてくる。『なんでもありません』と私はこたえる。その声は乾いて、少し、震えていた。

それから記者である犬丸さんは、時折私の元を訪れては、サーカスの「外」のことを教えてくれたり、かと思えば「中」のことを聞きだそうとしたりした。

私は最初に宣言をしていた。サーカスについてはなにも喋らないと。

聞かれたとてなにも話せないのだ。話せることは、度重なるインタビューで話してしまっていたし、それ以外、それ以上に私の知りうることはない。

『不穏な噂があるんですよ』と犬丸さんが私に囁いたのは、専用劇場が開いたばかりの、忙しい秋のこと。

これからくるであろう、異国の船。曲芸の国からやってくる動物達。

『おかしな動きがあったら教えて下さいね』としきりに言われたが、なにをもっておかしなというのかはわからなかった。私達は新しい動物曲芸を自分達のサーカスの色に馴染ませるために奔走していた。

その間に、大切な友人であるチャペック――彩湖が、徐々に舞台の一線からはじかれはじめていたことも気づいていた。けれどそのことを……犬丸さんに言うことはしなかった。隠そうとした、というよりも、認めまいとしたのかもしれない。

それから――それから、私達は嵐に遭った。

多くのものを失った。

カフカは強制的に代替わりを迎えて。

そして、動物曲芸をなくし、同時にオーディションから時間をともにした唯一の仲間、チャペックまでもがこのサーカスの退団を決めた。

「どうして」と私は震える声で彩湖に聞いた。荷物をまとめて、寮をあとにする彼女に。

どうして、行ってしまうの。

ここを捨てて、どこに行くの。

彩湖は私の問いには答えず、決して振り返らなかった。

今でも時折夢に見る。夢の中でさえ、彼女は振り返らない。

――あとは頼むわ、わたし達のブランコ乗り。

いやよ。行かないで。

そう言うことが出来なかった。きっと、愛した小さなカフカを失って――一番傷ついていたのが彩湖であったはずだから。

私が望んだのはひとつだけ。

あなたが、生きていて、くれさえすればよかった。

絶望に呑まれることなく、生きてさえいてくれたなら。その場所が、このサーカスじゃなくても。

逃亡めいた彼女の代替わりを、多くの人が嘆いた。けれど同時におそろしさを感じたのは、それらのセンセーショナルな醜聞がむしろ、私達の知名度を上げ、サーカスに感動の文脈を与えたことだった。

歌姫アンデルセンがサーカス再開の歌の最後に、大粒の涙をひと粒こぼした時にそれは決定打となったのだろう。

その涙が、本物だったのか、偽物だったのかはこの際問わない。

彼女はその身で、サーカスを守ると、決めていたから。彼女の流す涙は、いつだって本物なのだ。

そうして劇場に戻った私は、臨時のミーティングに呼ばれ、出席した。顔を並べたのは、夜公演を控えた、アンデルセンをはじめとした冠（タイトル）持ちばかり。

江藤マネは自分の端末を覗きながら、私達に告げた。

「キー局音楽祭の特別出演依頼です」

彼女が口にしたのは、この場所のすぐそば、湾岸地域にある、テレビ局の名前だった。

カジノ特区の夜は、真昼よりも明るい。

小さなバーのＶＩＰ席ともいえる個室で、私は記者の犬丸さんと会っていた。

彼からの何度目かの接触のあとに、彼と連絡先を交換してしまった。

——誘惑に勝てなかったのだと、思う。

薄暗い部屋で、肩が触れあいそうなほどの距離だった。犬丸さんは決して不用意なボディタッチをしてくる人間ではなかったけれど、それでも品のいい、男性用の香水と、アルコールのまじったようなにおいをかぐと不安に胸が騒いだ。

恐怖は常につきまとっていた。こんな時、アンデルセンなら上手くやるだろうにと、未熟でなにも知らない自分の幼さを恥じた。

それでも、彼の口から生徳会という言葉がでたことが忘れられなかった。

耳にしてはじめて気づくのだ。私は長らく、誰かとその話をしたかったのだということに。

毎日毎夜、空を飛びながら、憎しみだけを募らせる。それは心の奥底で醸造され、発酵し、蓋をあけてみれば別ものになっていることさえもおそれていた。だから確かめたかった。

あるいは誰かに見せたかったのかもしれない。まだ、この心に炎が燃えていることを、忘れてはいないのだということを。

慰めもいらない。罪も正義も断じて欲しいわけではない。

ましてや止めて欲しくなんかない。

ただ、決意を口にしたかった。サーカスにおいて、誰に聞かせることも許されない秘密を、自分の口にだすことで再確認したかったのだ。

お忍びで会う時、彼は私のことを『パイロット』と呼んだ。

当初、私が怪訝な顔をすると、『だって誰が聞いてるともしれないじゃないですか。この特区で君をブランコ乗りと呼ぶのはリスクが大きすぎるし、かといってお名前をいきなり呼ぶのも無遠慮すぎるかと思いまして』とつないだ。

ねぇ、とその時、犬丸さんはきゅうっと狐のような目をより細めて言った。

『青山マリナさん』

その呼ばれ方は、触れる肩よりは不快には感じられなかった。けれど。

『それとも』

より声をひそめて、囁いた、犬丸さんの言葉が。

『──かつては別の苗字を使っていた？』

私の心臓を氷のようにした。私の、私に、違う名前があるとするなら。それは、それは……。

囁かれた私は、気づけば貝のように口を閉ざしていた。自分の表情は確認出来ず、ただ青ざめていることだけはわかった。

犬丸さんはすぐに私から距離をとるように、わざと遠巻きにするように座り直して言った。

『話したくなったら聞きますよ。今はそう、お近づきの印に、知りたいことはありませんか？』

知りたいこと、が、あるとするならば。

犬丸さんは、まるで忠犬のように私の願いをかなえてくれた。

だから、私達の関係は続いている。

「テレビの話、うけてくれたんですね」

バーカウンターで世間話のように犬丸さんは言った。

「収録は来週ですか？　楽しみにしていますよ」

私はその話を深く聞くことはなく、「スポンサーの中に、生徳会の名前はありますか？」と尋ねた。

犬丸さんは唇の端を曲げて笑い、走り書きがびっしりと書かれた手帳を広げて言った。

「カジノの噛んでいる番組で、あの病院が絡んでないところはない」

ひとつ、ひとつ。決して私には手の届かないことを教えてくれる。

鷲塚片理という、男について。

――彼は生徳会の理事、その直系の、医者家系の名門子息に当たる。幼少時から成績優秀でスポーツも万能。有名高校から大学は海外に、その前には水泳でインターハイもでている記録が残ってる。ただし、性格なのかセクシャルなのか、どういった難ありか、三十の半ばを過ぎても未だに未婚。引く手はあまた、政略結婚のカードだって幾つでもあるだろうに、家庭をもたないのは女嫌いだからとも――実の兄との不仲のせいとも言われている。

「お兄さん？」

そう、と犬丸さんは頷いた。

その話は、はじめて聞く情報だった。

――彼自身も鼻白むほど優秀な男だけれど、より優秀な兄がいたそうだよ。七つ差だから、大分年の離れた長兄だね。救急の外科医としても優秀だったそうだが、カジノの議会には参加していなかったようだ。もう十年も前に、妻と幼い子供を残して病死している。

病死、と私は繰り返す。犬丸さんはより声をひそめて。

――けど、この病死というのもかなり怪しいと僕は思ってるね。死亡診断書をだしたのはあの病院だ。死ぬ前の数年、兄君はずいぶん精神を病んでいたという証言もある。

そして一度だけ、犬丸さんは言葉を切った。

――……事故だか、病気だか、それらが、自殺や殺人でなかったと、果たして言い切れるだろうか？

その言葉は、私の胸に、冷たい杭のように刺さった。

――そうなるまで彼を追い込んだのが、跡取りの座を欲した弟だという証言もある。真偽のほどはさだかではないが、少なくとも、兄嫁とその娘は今も、権力を握り続ける鷺塚片理のことを強く憎んでいるそうだ。どこまで逆恨みかはわからないが、片理によって殺された、と思っているのかもしれない。

その言葉を聞いて、私は自分の背が丸まっていくのを感じた。

血が巡る、音がする。反響のようにごうごうと、嵐のような音がする。大きな洞穴に言葉を投げるように、叫んでしまえたらどんなに楽だろう。

王様の耳は、驢馬（ろば）の耳。

すべてを言いたい。私も言いたい。

裸なのは、誰？

それを叫べば、信じてくれる人はいるだろうか。今なら。

そうしたらすべてから解放されるのか。あの舞台から降りることが出来るのか。

そうしたら、もう、ひとりぼっちに、ならなくても、いいの？

その時だった。それまで気配をただよわせたことのなかったバー店員がやってくるのと、「お客様」と私ではなく犬丸さんに声がかけられたのは同時だった。「なに？」「お会いしたいという方が」「いや、おかしいよ。僕が今日ここにいることは、誰にも伝えてないはずだ。君達も、そうだよね？　まさか誰かに言った？」「いえ……」「誰が……」そこで耳打ちをされた短い言葉に、犬丸さんは顔色をかえた、というほど劇的ではなかったが、その顔に緊張が走ったことは私にも知れた。

「君、君はこの部屋から、でないように」

立ち上がって個室から出て行く犬丸さんの背中を見送ると、そのドアが閉まる直前、間違いなく聞き覚えのある声が流れ込んできた。

「ややゃっぱり！　ここにいたんじゃないか」

私は目を丸くし、硬直した。その声は耳に貼り付くようだった。

たった今、噂をしていた。

影よりも濃い、男。

私は息を殺してドアに近づく。そっとそこに耳を寄せれば、ドアのすぐそばで話しているのだろう、ジャズミュージックの中で、くぐもった男ふたりの声が聞こえた。

（お久しぶりです先生！　こんなところでお会い出来るなんて、偶然ですか？）

（待ちあわせはしていなかったからね。偶然以外にないだろう？）

（いや、どうして僕がこの店にいるのがわかったのかなって）

（どうしてだと思う？　……この湾岸地域は俺の庭だよ）

低い声。犬丸さんがかすかに喉を鳴らしたことが、顔なんか見なくてもわかった。

（……鷲塚先生にはかないませんね）

それは、それ以外にないと予感していた男の名前だった。

（それで、ご用件は？　ご存じかはわかりませんが……奥に大切な相手を待たせているんですよ。是非ともご一緒したいところなんですが、すみません）

（君の白々しさも、そこまでくると誠実ささえ感じられるからおかしな話だよね。俺からの忠告は一言だけさ、聞いてくれるかい？）

（聞くだけなら、なんなりと）

（職を失いたくなければ、今日は帰りたまえよ）

（…………先生……）

（二度は言わせるな。時間の無駄だ。ああ、訴えたいなら弁護士も紹介してあげようか？）

（…………）

（ここは奢るよ）

（約束して下さい）

（内容によるかな）

（支払いはいりません、かわりに僕と一緒にこの店をでてもらえますか？）

ははは、と笑い声が響いた。

（熱烈な誘いだな）

私の腹の底を焼く笑いだった。

男は、鷲塚はそこで、ボーイに話しかけるていで、明らかにそうではない誰かに――ドアを挟んで向こうにいる、私に、語りかける。

（逃げずにでてきてくれたことに免じて、今日のところは聞いてやるか。行こう。奥にいる「大切な相手」とやらに、夜道は気をつけて帰るように！ 伝えてくれ。タクシー代は俺の名義に。あと、こうも伝えてくれ。ここはとてもよい店だ――子供のくる店じゃないってね！）

それは、明らかな、牽制であり威嚇だと思った。

こちらの動きなど、私の探りなど筒抜けなのだということを、わざわざ教えにきたのだと。

足早に去る気配に、私は自分が、唇が切れるほどに噛んでいることに気づく。拳をかため、ヒールのかかとを踏みしめて、ごうごうと胸の燃える音を聞く。

そうだ、確かめるまでもない。

誰かの助けなんて借りない。

犬丸さんも、私の味方なんかじゃない。それでいい、私も利用させてもらう。すべては自分のために。

明日も明後日も舞台に立つ。ひとり、ひとりだ。

テレビ番組への出演はたかだか十数分のものであるだろうに、打ちあわせの時から多くの時間をとられた。

これまでニュースやドキュメンタリー、式典出演などの中継はあったが、人前に立ち、時間を買いとる私達が、ひとつのコンテンツとして音楽番組の目玉のひとつとして使われるのははじめてのことだった。

テレビの出演は、私とアンデルセンがメインで出演することになった。それから多くの妖精達が。

リハーサル前から、出来るだけ毎日の公演に支障がでないようにつとめたが、どうしても間にあわないことも多かった。私は時に休演という選択肢もあったが、アンデルセンにはその選択肢がない。

歌姫の歌なしには、サーカスははじまらず、終われない。

そして彼女はテレビ番組内でもかたくなに「生歌」にこだわった。「金魚姫が？」と打ちあわせの段階で笑ったテレビスタッフがいた。

かつて彼女は口パクのアイドルとして有名だったという。その話は私達も聞いたことがあった。

「安全策をとりませんか？」

そうにこやかに提案してきた番組のスタッフに、アンデルセンではなく、同席していたマネージャーの江藤さんが冷たく告げた。

「サーカスには命綱がありません」

その言葉に私は少なからず驚いた。彼女は体制側で、長きに巻かれるものだと思っていたのだ。

アンデルセンは多くを語らず、にこっと口角を上げて首を傾げた。

彼女は利口だった。必要であれば嘘もつくし、馬鹿にもなる。

番組の生放送は、カジノ特区ではなく、都内のホールで行われる予定だった。私達の劇場よりも大きな場所で、それ以上にとんでもない人数のスタッフがいた。サーカスとは違う。その大がかりな様子に圧倒されていると、

「テレビは一度でると、世界がかわるものよ」

そう声をかけてきたのはアンデルセンだった。私服ではあったが、きっちりとした舞台化粧だった。彼女は私達よりもはやくこのホールをでて、今夜のソワレに戻らねばならなかったから。

かつてアイドルという服を着ていた歌姫は、遠いライトを見ながら言う。

「テレビで何万人に見られるよりも、劇場の方がずっと刺激的。でも、テレビは世界のかわりかたが違う。きっと鮮やかにかわるし……その無意味さが心に染みる。それはきっと、ここに至らなければ見えない世界なの」

そこでアンデルセンは、上目づかいに私を見て言った。

「あなたが『ここ』に興味があるとは思わなかった」

すべてを見透かすような目だった。

私は小さく唇を開いたが、言葉がでてこない。でも、歌姫を前に、言葉でとり繕ってもなんの意味もないような気もする。

その時、江藤さんが私達に声をかけ、「局の方がご挨拶を」と一行を連れてきた。その中に、私が目を留めた人がいた。

「おつかれさまです。企画事業部からきました」

その人はスーツを着ていた。

白髪まじりの、眼鏡はかつて、かけていたか、かけていなかったか。自分の記憶にあるよりもずいぶん老いていた。少し太ったかもしれない。けれど、同時に一回り小さくなったような気もした。

彼は私を見て、にこっと笑った。そのひとなつこさが、もはや強い郷愁だった。

「浅生です。はじめまして」

私はあの湾岸地域の、夏のにおいをかいだ。いや、すべては幻覚だった。

たくさんの大人をひきつれて、浅生さんは江藤さんと名刺を交換する。

「ああ、お父さんにはいつもお世話になってますよ！」

その言葉に、江藤さんはそつのない笑みを浮かべる。私は「はじめまして」という言葉の意味を心の中で噛みしめる。

はじめまして。そう、私は。彼にとっては「そう」だろう。

浅生さんは私達のことを歓迎してくれた。

「いやあ、今回あなたがたをお呼び出来て、本当に晴れがましい！　期待していますよ」

江藤さんはいつものように、感情の見えない顔で淡々と告げた。

「是非とも劇場にもいらして下さい」

彼女達はそこでこそ輝くのです、という江藤さんの言葉に、「もちろん！」と浅生さんは言った。

「お久しぶりです、浅生さん」

アンデルセンは一歩先にでて、細い身体をそらせてから会釈をした。はじめましてと言わなかったから、面識があるのだと私は思う。

「君か」

と浅生さんは口の中だけで言った。それから明るくにこやかに、快活に笑うと、

「我が儘お姫様になられたと聞いてるよ」

と率直な言葉を言った。それが嫌味であると、わからないほど私だって愚鈍ではなかった。

アンデルセンは顔色をかえなかった。媚びるような笑みもなく、透明な瞳で、

「サーカスの一員になっただけです」

とはっきりと告げた。その返答に浅生さんは鼻白んだようだった。

「浅生さん」

私は一歩踏みだし、そう声をかけた。自分の口からその名前がでて、鼓膜をはじめとした自分の中に響くことを、不思議に思った。

また、鼻先をかすめる。涙のにおいは記憶か幻か。

少なくとも、そんな幻を見ているのは私だけなのだろう。彼は私を、父親を亡くした可哀想な女の子、ではなく。サーカスのトップ曲芸子として、まぶしそうに見た。

「劇場にいらした時は」

陽炎の中で私は言う。

「私の名前でシートを買って下さいね」

ああ、と浅生さんは皺の刻まれた顔で笑んだ。

エクストラシートという、特別指定席が今後設定されるであろうことを、彼らも聞き及んでいたようだった。

「是非」

にこやかに笑う。彼が自分の財布をいためることは、多分ないのだろう。だからその価値について、実感をすることもないだろうし、私の演目に、心を打たれることもないのだろう。

けれど拍手はくれるのだろうという確信があった。

だって、私は。

このサーカスの花だから。

(「どうか——君は君の人生を歩んで欲しい」)

自分の心が凪いでいるのがわかる。泣いている制服の少女に、もう泣かないでいいと言ってあげたい。

もう泣かなくていい。

苦しまなくていいよ。あなたは——もう、死んだのだから。

「サン=テグジュペリ」

唐突にそう呼ばれ、私は振り返る。これから劇場に戻るアンデルセンだった。彼女は先ほどの、透明な瞳のままで、私に言う。

「ひとつだけ。アドバイスをさせてもらっても?」

それが、芸能界の経験を多くもつ彼女からの言葉だとすぐにわかったから、私ははっきりと告げた。

「聞かせて下さい。是非とも」

アンデルセンは冷たく細い指先で、私の手を包み込むようにして一枚の紙片を握らせた。名刺、だった。湾岸地区ではないが、都内にある婦人科のクリニックのものだった。

「いろんな方と交流をされるんでしょう？　困った時はこの病院の先生に言って。深夜でも診てくれるわ。薬も処方してくれる」

あなたの身体に、困ったことが起こった時、とアンデルセンは念を押すように言った。婦人科。深夜。薬の処方。

はっきりと想像が出来たわけではないが、おぼろげな予感がかすめる。

「……病院、好きではないんだけど」

戸惑うように私が言うと、

「お守りよ」

とアンデルセンは言った。使わないのならば、その方がいい。口にはださないまでも、そう言っているようだった。

「先に帰らせてもらうわ。マネちゃん！」

「はい」

江藤さんがかけ足でやってくる。彼女はアンデルセンに対しては、従者のように動くところがあった。

先に帰っておくわ。タクシーだけで大丈夫、とアンデルセンが言う。そして身を翻しながら言った。

「今夜のソワレ、オーラスにならでられるでしょう。ブランコ乗りをサーカスに連れて帰ってちょうだいね」

　ここでは今日は、飛べないだろうから。

　ブランコ乗りを、サーカスに返して。

　歌姫は去り、私だけが、取り残される。


キー局音楽番組のライブ出演は、数字の面でもサーカスへのリターンの面でも、大成功をおさめた。

「またの機会を、すぐにでも！」

　そうテレビ局の大人は口々に言ったけれど、「公演に支障がでない範囲なら」とすかさずマネージャーである江藤さんがあしらった。

　カメラを通した熱狂のやりとりは、はりぼてめいていたけれど、希有なる経験でもあった。

　時を同じくして専用劇場に設定された「エクストラシート」は、一般人にはまったく手の届かない高額であるにもかかわらず、常に満席となっていた。

指名はほとんどが、サン＝テグジュペリかアンデルセンだ。他の演目者の指名も入っているのかもしれないが、その予約は表にだされることなく、事務局の内部で処理される。「より高額をつけたほうが落札できる」というシステムであるようだから、私かアンデルセンばかりが指名されるのも頷けた。

それだけの期待が私達にはかかっていたし、私もアンデルセンも、おいそれと休演をすることは許されなくなった。

「あたしがうたうことは、息をするのと同じことよ。でも、ブランコ乗りはそうではないでしょう？」

一度そう、アンデルセンが江藤さんに苦言を呈しているのを聞いたことがある。

「怪我でもすれば、その損失ははかりしれないわ」

江藤さんは眼鏡の向こうの顔をくもらせ、「留意します」と告げた。けれど、それが果たされないであろうことは誰よりも私が知っていた。だからこそアンデルセンは私に聞こえるように話したのかもしれない。

求められる限り、飛ぶ。

私のブランコはアンデルセンのような歌ではない。それは彼女の言う通りなのだろう。けれど喝采をあびることが、私にとっては息をすることだ。少なくとも舞台の上ではそう。

こうする形で生きてきた。

この形でしか生きられなかった。

記者の犬丸さんとは会う暇もない日々だったけれど、ある時、彼から電話がかかってきた。暮らす部屋に着いた瞬間、フロントを通して。そのタイミングのよさに、どこかで監視されているのかもしれないと思ったけれど、見られて困ることなんかひとつもなかった。それこそ、彼の存在くらいだ。

彼は私達の興行をねぎらってくれた。

『君のエクストラは向こう三ヶ月はとれないと聞いてますよ』

素晴らしいことだ。そう言いながらも、声はこちらの様子をうかがうようだった。

『けれどそれって、君が向こう三ヶ月、休めないということを意味しているのでは？』

私はこたえない。ベッドに腰をおろして、意識はすでにまどろみ始めている。眠いから、と切ってしまってもいいだろうかと考えながら。

夢かうつつかわからない中で、犬丸さんのひょうひょうとした声が響く。

『誰も君にそう言わないだろうから、僕が言ってあげますね』

君には限界が見える、と犬丸さんは言った。

限界？

私の聞き返しを待たず、畳みかけるように。

『君の演技には疲労が見えます』

その言葉を聞いた私はそのまま、なにもこたえずけだるい動作で受話器を置いていた。投げるような形になった。

限界が。

疲労が。

だからなに？　と私は思う。

あなたが、私の、なにを、わかっているというの。

たとえプレス用の記録映像を毎日チェック出来る立場にあったとしても、本当のことはあの場所にしかない。あなたは私の頼んだことだけ教えてくれたらいい。その対価の範囲で、私も、あなたに協力するだろうから。

「……っ、はぁ……」

私はそのまま、朦朧と、亡霊のような動作で机の上にある文箱を開けた。いつもは定期的に空になるそこは、今は満杯で、開くと長年かぎ慣れた、紙とインクのにおいがした。すべての封筒は開封されていた。しかしその中の一文字も、私は読めてはいなかった。ここ数ヶ月、忙しかったこともあってまったくファンレターをあけられてはいない。

束の中、知った名前もあれば、まったく知らない名前もある。

私はその中から、淡々と、同じデザインの封筒を抜きだした。幾つもあった。この数ヶ月だけで、以前より頻度は下がったが、『F』からの手紙が溜まっていた。中を、機械的に開き、確認する。

――そこには、数多くの励ましの言葉が書いてあった。

ブランコ乗りは常に素晴らしく。

ブランコ乗りは常に尊い。

同時に、無理だけはしないで欲しいと、すべての便せんに書いてあった。どうか、どうか。そして、心から応援していると。その言葉の裏側が読めないほど、私も『F』とのつきあいが短いわけではない。

それはつまり、あの舞台で。私は無理をしている、不完全だったということを示していた。

「う、ぅ……」

デスクライトだけがついた部屋で、私はうめき声を上げる。喝采でしか呼吸の出来ない脆弱な肺が、べこべこと暴れている。片方の腕が、心臓を移植したように熱をもっている。あのブランコの上で血を燃やすように。

人の期待が、拍手が私を苦しめる。

私の不完全さを。

未熟さを責め立てるのだ。

「ううう………」

朝まで泣き腫らしても、休むことだけは出来ない。

舞台以外に生きる場所なんかないから。

それから何日経ったのかわからない。一日だったのかもしれないし、一週間だったのかもしれない。

「ブランコ乗り」

いつものように早朝練習で、私は江藤さんから、今日のソワレのエクストラシートに指名が入っていることを教えられる。また、そのあとに食事に誘われているということも。

「本当は、行かせたくない」という主旨のことを、江藤さんは言った。パトロンと食事をすることは、あなた達の仕事ではないと。

芸を仕事だと思ったことはなかった。でも、きっとこの食事は仕事だろうと思う。私は「行きます」とこたえていた。

だって私は大丈夫だから。

疲労を、限界を、言い訳にはしたくないから。

「せめてマネちゃんを連れて行きなさいね」

ソワレ前、つかつかと近くにきたアンデルセンが私に対して、なんの前振りもなく告げた。

「今日のエクストラシートは先日のテレビ局のお偉方よ」

私はストレッチの動きを止めず、

「どうして江藤さんを連れて行かないといけないの」

と尋ねた。繊細で、思いやりのある会話なんかする気はなかった。思いやり？　どうしてそんな配慮をしなければならないのか。しなければならないとして、どうしてあなたが私にそれを言うのか。サトリリトラレのごとき卓越した読心術をもつアンデルセンはまた、私の心中を瞬時に読みとり、苛立ちを一喝にかえた。

「それがあの子の仕事だからよ！」

はりのある、いい声だった。

彼女の、うたうための。

けれどそれも、今の私には耳障りに聞こえた。

「いらない」

自分の声が、硬質に聞こえる。

「私の客だもの」

小さな身体でアンデルセンは私を見下ろす。

不出来な娘を軽蔑するように。

娼婦を見下す貴族のように。

「そうね、あなたの客だわ。サン＝テグジュペリ」

私はそんなことよりも、腕のストレッチを特に念入りに進める。筋が硬い。熱をもっている。

まだブランコにも乗っていないのに。

私のエクストラシートを買ってくれたというテレビ局の男性達は、最前列でサーカスを見たのだろうに、サーカスの話は特にせず、エクストラシートがどれだけ今人気か、それをとれた自分がどれだけ幸運だったかという話を口々にした。食事の席には続々と彼ら以外にも人間が集まってきたけれど、誰も名刺をとりだすことはなく、私はただ、うつろに微笑むことだけをしていればよかった。

「ブランコ乗りのお嬢さんはなにを飲まれますか？」

お酒は好きではなかった。プライベートではなく仕事で飲まなくてはいけない時に告げるカクテルの名前は決まっている。

「フェアリー・ランドをいただいてもいいですか？」

メロンリキュールを使ったというそのカクテルは、湾岸地域での隠語でもあった。サーカス団員がカジノでこのカクテルを頼む時、ノンアルコールでだされる。そんな不文律をつくってくれたのはアンデルセンだったのか、もっと他の誰かだったのか。わからないけれど、私達は守られているのだと思った。それは守られなければならないものに、常に、晒されているということでもある。

フェアリー・ランドは店の人間の手ではなく、何故か同じテーブルの人間から渡された。細いグラスには常にはない苦みがあったけれど、気にすることなく、いつもより少し青みがかった緑の液体を口に含んだ。

一軒目が終わった段階で、帰らなくちゃと私は立ち上がった。財布をとりだそうとしたわけではないけれど、鞄をもち上げた瞬間、強い目眩のようなものを感じた。

(ああ、これは)

よくないことだ、と思った瞬間、強い力で肩を摑まれる。これまでほとんどなかったボディタッチは、鼻に慣れない強い男性ものの香水のかたまりがぶつかるようだった。指は分厚く太い。そんなことを思いながら、「大丈夫かい」「少し休ませた方がいいだろう」という男性達の会話が頭上で行われているのを、どこか別世界の話のように耳に入れていた。

仕事関係の食事を終えたら、部屋に戻るのが何時になったとしても江藤さんに報告する義務があった。私は「帰る」という台詞をうわごとのように繰り返していたが、部屋を抜けだしタクシーに誰かとのった頃には、酩酊状態で幻聴を聞いていた。

サーカスの音楽が聞こえる。ブランコに乗らなくちゃ。アンデルセンの歌が聞こえる。カーテンコールに向かわなきゃ。パントマイムの音響が鳴り響く。ああ。

チャペック。

帰ってきてくれたの?

はたはたと頰を雨のような液体が落ちた。涙だった。瞼が重く、目が覚めているはずなのに焦点がさだまらなかった。

いつの間にか、ベッドに寝かされていた。どこのホテルかはわからないけれど、私は窓から特区の夜景を確認した。きらめきの向こうに海が見えた。まだここは湾岸地域。サーカスを孕んだ快楽の街。

　強烈な吐き気がして、ベッドにつっぷす。上手く、吐けない。吐いてはいけないとは思わなかった。ただ、深く咳き込むたびに目の前が揺れた。酩酊。男の声は遠く、私のドレスの背中のファスナーがおろされた。

「電気を消そうか」

　と言われて首を振る。抵抗はしない。きっと合意の上だと思われることだろう。他人事のように思う。

　やめてくれとは思わなかった。サーカスの夜景ばかりが、気になった。おぼろげに、自分のバッグはもってきてくれただろうかと考える。

　その中に入っている。アンデルセンがくれた、医者の名刺は。

　下着のホックが外され、まとめ髪がほどかれた。その瞬間だった。

「――――」

　ピンポン、と部屋の呼び鈴が鳴り。びくりと男の手が止まる。

　男が少しの躊躇いのあとに部屋のドアをあける気配。押し問答のやりとり。「頼むよ。まさか、俺の頼みが聞けない？」この声は。

　ずるりと顔を上げる。髪が落ち、暗いすだれの向こうにシルエット。明るい色のスーツとシャツ。

　ドアの閉まる音。

鞄を置き、ベッドの脇に膝をつく大きな影。手首をとられ、おとがいを押される。瞼をぐいっともち上げられると、光が強制的に入り込み、男の顔が目の前に現れる。

強い吐き気と目眩は、いかなるものに由来するのだろう。

「吐きましたか」

冷たい、事務的な響きだった。そんな響きの言葉で、この男が喋っているのは聞いたことがなかった。大人が子供を嘲るのではなく、そう、どんな子供相手でも、お医者さんというのはこういう口調になるものかもしれない。頭と動きが呼応しなかった。私は乾いた唇を痙攣だけさせた。

「まだだな」

続いたのは聞き覚えのある不遜な響き。そしていきなり口をこじあけられ、喉奥に太い指が差し込まれた。

ぐっと指が舌の根元を押すと、反射のように強い嘔吐感が込み上げ、ほぼ液状のものを吐きだし、相手の用意した袋に落とした。

己の内壁、肉塊を吐きだしているようだった。

ペットボトルの中にある液体を流し込まれたけれど、それもまた吐きだした。しばらくそれを繰り返し、ぐったりと倒れ込むと、なにかを用意する音。注射針を取りだす姿が見える。その頃には、私の視界も少しは回復していた。

ホテルの部屋には、脱力した私と、それから、——あの男、が、いた。

何故、どうして、なにがしたくてと、そんなことはどうでもよかった。男、生徳会、鷲塚、片理。

彼の手には注射針があった。ぐっと力を込めて、私は起き上がり、片理のシャツを摑む。

「ふくを」

掠れた声で、私は言う。

「ぬがせて」

返答はない。沈黙。朦朧と私のだらしない唇から言葉が落ちる。

「お願い。――彩湖」

何故、その名前を呼んだのか、自分でもわからなかった。でも今にはじまったことではないのかもしれない。ずっとあの子の名前を呼んでいた。彩湖。杏音。他に、うわごとでも呼べるような友達のいない私だから。

片理の手が私のドレスを脱がした。ホックの外れた下着はそのまま、腕に注射の針を入れて、ベッドヘッドの壁に貼り付けるようにして点滴の液を設置した。

そこでようやく私は私から意志を手放した。それまで、こうありたい、こうあらねばならないという意志だけで動いていた。

祈るように、願うようにして。

これで、もう。

ブランコから手を離すように、目は開いていたが身体を重力の中に放りだす。時を同じくして、ばたばたと走り込んでくる音がして、悲鳴のような声が上がった。

「触らないで下さい！」

その金切り声が誰か、朦朧とした意識の中ではわからない。

「うちの団員です！」

そう言われてああ、と思った。江藤マネだ。連絡をした覚えもないけれど、誰から聞いたのだろうか。この部屋にいる片理ではないような気がした。テレビ局の人間ということもないだろう。だとしたら……。

冷たい液体が体内を巡り、強制的に瞼が落ちる。

——暗転。

そう思ったのが最後だった。


目が覚めた時は病院だった。診てくれた医師はもちろん片理ではなかったけれど、アンデルセンがもたせてくれた名刺の類いの専門医でもなかった。私は病室に差し込む光の明るさで、まだはやい時間であることを察した。

あわい頭痛と、胸焼けめいた吐き気の名残、それからどことなく、身体がぶよついているような感覚だった。片腕の、熱と痛みだけが鮮烈だ。

「今日の昼公演に間にあいますか」

　私はそこにいた医者にそれだけを尋ね、「でたいとおっしゃるなら、私達に止める権利はありません」というこたえを聞いた。そして、それに続けて、「ただし、次の休演日に、診察の予約を入れて下さい」という声を、どこか遠くからの反響のように聞いた。

　無言でその意味を問い返す私に、「わかりませんか？」と髪の白い医師は事務的に告げた。

「ご自身の身体のことですよ」

　そしてその医師は私に、ひとまずこの一日を動けるような投薬をしてくれた。私はその投薬に感謝をしながら、わかりませんか、という言葉を何度も胸の内で響かせた。

　わからない。なにも。

　江藤マネが病室に迎えにきてくれた。彼女は多くを語らず、青白い顔で、「少し休暇をとった方がいいと思います」と告げた。

「なんなら、急病ということにしても――」

　私は笑った。からからと、社用車の中で私の笑い声が響いた。

「そんなことをしたら、あなたを殺して私も死ぬから」

　どこか陶酔したような、舞台女優めいた台詞回しになった。アンデルセンがここにいたら、私の頬をはったかもしれない。もしくは、どこまでも冷ややかに見下しただろうか。

　彼女は人の嘘を見抜く少女だったから。

　そんなことをしなくても、私は死ぬし、同時に、あなた達も殺すだろう。

私はそんな心で、その日の昼も、その夜もまたブランコに立った。その時だけが生きているような、奇妙な緊張。腕の痛みだけが意識をはっきりとさせた。

アンデルセンは私に対してなにも言わなかった。けれど、そこから数日間、すべてのエクストラシートが彼女の指名で埋められた。その名義はすべて「岡本あきら」というはじめて見る名前だった。どういう相手なのかは知らない。舞台上から覗いても、なんの変哲もない眼鏡の男性だった。けれど、エクストラシートをずらりと買い占めるほどのお金とコネクションのある人なんだろう。

アンデルセンの昔取った杵柄である、「アイドル」というのは、人の心を、そして人の財産を意のままに操るのだと思った。それが低俗だとは思わない。私達は欲しいものを手に入れる。悪魔に心を売ってでも。

ぽっかりと空いた深夜に、私はかつらとマスクで変装をして、湾岸沿いの暗い店に入り込んだ。

一度もきたことのないクラブの個室で、誰にも見つかってはならない密会だった。やはり変装をした男性が座っていた。

――犬丸さんだった。

「あんな危ない真似は、二度としないでもらいたいものですよ」

そう、呆れたように言いながら、犬丸さんは数枚の写真と、そのデータを焼いたディスクをとりだした。

「これがあの夜の写真です」

彼が差しだしたのは、望遠レンズでとらえた、「あの夜」のホテルでの写真だった。私はマネージャーを同行させることはなかった。けれどかわりに、犬丸さんに連絡をしていた。私を、はっていて欲しいと。

テレビ局の重役達に、よくない噂があることは、アンデルセンも知っていたし、私だって知っていた。危険な目に遭うかもしれない。けれど実際に遭ったという証拠が欲しかった。

私にはスキャンダルが必要だったのだ。より多くの人に、私を見てもらわなければならなかった。

大きな権力を相手にするには、武器が少なすぎるのだ。だから、犬丸さんにあの夜自分をはらせていたのだ。部屋の明かり、カーテン、そして自分の着衣に、私が最後まで固執した理由。

幾つかの写真の中には、鷲塚片理と、私のツーショットもあった。

彼がきたのは、もしかしたらアンデルセンのお節介だったのかもしれない。私にとっては、千載一遇のチャンスだった。

自分の身を晒した、一世一代の私のヌードを、私は羞恥でも後悔でもなく、どこかうっとりした目で見つめた。

これは私が欲しかったものだと思った。

長い年月をかけて、私はここまできたのだと。

けれど犬丸さんは、細い目で、どこか鋭く睨むように私を見て、低い声で言った。

「——僕はこの写真を公表することに反対をします」

私は写真の向こうに、犬丸さんの顔を見る。その、痛みをこらえるような顔を。泥と金、そしてジャーナリズムというものに溺れる人の顔を。

「鷲塚片理が、あなたを襲ったという筋書きにするには、事実が違い過ぎる」

食べてはならないものの、肉片を噛みしめるような顔をしていると思った。私はその顔に笑みかける。

「でも、世の中は、どちらを信じると思いますか？」

あの男はあの夜、私のことを助けてくれたのかもしれない。たとえ私のことを助けても、たとえ私に姦淫をしていても、どちらも私にとっては同じこと。充分だった。

あの男を、私の存在で貶められるなら、私の処女性も、命さえ問題にはしない。

「真実がどれほど必要ですか？」

私はだって、知って欲しいだけ。

私はだって、教えて欲しいだけ。

どうして私が、ひとりぼっちにならなければならなかったのかを。

「世の中は」

そのために。

「私の身体に、私の涙にその価値はありませんか？」

誰にも止めさせない。私の行く道を。

この湾岸地域。欲望の街で。

私はなりたいものになったのだから。


ぷくぷくと水槽の音がしていた。どこかのエステサロンのような、穏やかで美しい病室だった。白く、明るく、同時に冷たくさみしい部屋だった。

その中で、白髪の先生がいた。私はなんらかの薬物の過剰摂取でここに運ばれ、治療をうけたはずだったけれど、彼は内科の医師ではないと言った。整形外科医だというその人は、私の古いカルテをもっていた。

まだ、私達のサーカスがプレ公演さえしていなかった頃。ここではない病院で撮ったはずのレントゲン写真と、数日前にこの病院で昏睡していた間に撮られた同じ箇所のそれを並べて、医師は短い話をした。

「それは」

私は黒い闇に浮かぶ、白い自分の骨を見ながら、まるで葬儀のようだと思った。

自分の墓場を見るような気持ちで、亡霊めいたか細さで問うた。

「どういうことですか？」

医師は、大切な箇所だけを、ゆっくりと、噛んで含めるように言った。

――あなたの腕は、限界だということです。

――このまま飛び続ければ、遠からず、あなたの腕は駄目になる。

限界。疲労。そういえばここしばらく、何度も聞いた言葉だ。誰が決めるのかと常に跳ね返し続けてきた。神様にだって、そんなことを。決めさせはしないと。不完全も未熟さも、私のものだ。誰にも断じさせないはずだった。けれど医師から聞かされる言葉は、なんだかいつもと違うように聞こえる。

真っ白な私の骨。

火葬場のことを思い出す。私はその時、喪服ではなく制服だった。今のようにポニーテールではなく、長い二つの三つ編みだった。

それは父の葬儀の日だった。みんなが私にお悔やみを言ってくれた日。

そして、今は。

きっと私の葬儀なのだろう。

お悔やみを言うのは、言われるのは誰だろう。

「先生」

私の頬を。つうっとひとつ、涙がこぼれた。万感の涙だった。あの屈辱の日から、ようやく流れた雪解けの涙。

プレ公演から、すべてのブランコが走馬灯のように流れて。

私は、途方に暮れた小さな女の子のように、目の前の医師を、先生のように、親のように見て、尋ねたのだった。

「私は――」

黄金のマリナと、私のことを呼んだ人がいる。

美しい金糸の衣装は、確かに私の素肌のようだった。どのような鬱血痕も、擦り傷も、こぶも凹みもすべてを隠してくれた。

このまま死んだら、棺の中ではこの金の衣装を着せてもらえただろうか。

私達は二代目カフカの葬儀にも立ち会うことが許されなかった。だから彼女が、一体どのように葬られたのかを、私も、彩湖でさえ知り得ない。

でもそんな、形だけの葬送に意味などないのだろう。

私の葬儀はもう、はじまっている。

すべての人が、熱狂が、驚愕が、笑顔が、よく見えた。千里眼でも得たようだった。

人々の歓声は、まるで、ひな鳥の合唱のよう。

ほら、立ち見の柵の前で、小さな少女の双子が手を振っている。そのきらめくような笑顔まで、ブランコに乗りながらはっきりと見える。

そう言ったならば、私は狂ってしまったと思われるだろうか。

「ブランコ乗り」

絶叫のような歓声の中、最後の曲を終えたアンデルセンが、舞台袖の闇の中で私にそっと語りかけた。

「今日もエクストラからのディナーを断ったんですって？」

私は美しく微笑みながら優しい声で言う。

「いけない？」

背中にはびっしりと、したたるような汗をかいていた。腕の熱は燃えるよう。気を失いそうなほどの激痛だった。今すぐにでもホテルに帰り、先生にモルヒネを打ってもらう必要があった。

「いいえ」

とアンデルセンは私の黄金の衣装に目を細めるようにして、感嘆のような吐息で言うのだ。

「あなたは自由よ」

超能力者のように人の歌と言葉、そして心に聡いアンデルセン。

きっとあなたは、すべてに気づいていることでしょう。それでいて、私を責めることなく、なにも問い詰めることなく言うのでしょう。

「あなたが手に入れた栄光は、あなただけが、握り潰す権利がある」

うん、と私は笑う。

ありがとうも、ごめんなさいも言わないけれど。

きっと自分以外の誰にも喝采をしないあなたが、私だけには手を、叩いてくれることを知っているから。

ねぇ、アンデルセン。私達は友達ではなかった。けれど。

あなたは私のことを仲間だと思ってくれたのでしょう。きっと。

日々届くファンレターが、私の部屋にはあふれかえっていた。手紙以外は事務局に止めてもらっている。ファンレターを読む暇は少しもなかった。けれど、手にとらずとも、手をかざすだけで、その絶賛は私の中にあふれかえっていた。

私は満たされていた。もうこれ以上ないほどに。

賞賛の言葉をベッドに敷き詰めて眠っているようだった。

ここは天の国かもしれないと、何度も思った。

「サン＝テグジュペリ！」

週明けの公演の帰り際、ひとりの少女に呼び止められた。特徴的な、スタイルを強調する曲線の制服は、この特区でも特別なものだった。

常であれば許されない、劇場地下の駐車場での出待ちも目をつむられていたのはきっと、彼女がその免罪符のごとき制服を着ていたからだろう。もしくは、誰かが手引きをしたのかもしれない。

それは、曲芸学校の制服だった。

髪をひとつにまとめた、面立ちも美しく、手足もすらりと長い少女は、傍らに少し背丈の小さな少女を連れながら、紅潮した顔で、私に叫んだ。

「今夜も、素晴らしかったです！」

私は首元にショールを巻き直しながらにっこりと微笑む。

「ありがとう」

足は止めない。

私の背に、少女の声が届く。

「私、ブランコに乗りたいと思っています！」

叫びは地下駐車場に、大きく反響した。私はつま先を空中で止め、それからゆっくりとおろした。

少女は叫ぶことをやめない。

「貴方の、次に！　私が、二代目サン＝テグジュペリになります！」

絶叫。

私は思い出している。

制服を脱ぎ捨てて向かったオーディションのこと。

化粧を直してくれた彩湖のこと。

名前はうけ継がれると言った杏音のこと。

そして、それらの記憶をすべて引き裂くようにして、振り返って言うのだ。

「残念ね」

制服の少女、その黒い瞳がきらきらと光っている。

そこには、私が、どんな黄金にうつっているのだろう。そんなことはどうでもいい。永遠に確かめられないことなんて。

ただ、私はやはりやわらかく、微笑んで言うのだ。

「あなたの代には、今のサーカスはもうないわ」

そう言い捨てて、私は振り返ることなく歩いていく。すぐ先に車があり、運転席には江藤マネが座っていた。

彼女は無言だった。だから、あの子達の存在を最初から知っていたのだとわかった。

遅い時間だったから、彼女達、危険なく帰れるといいけれど。私はそんなことを思う。

助手席に座りながら、窓ガラスにこめかみをつけ、たわむれに聞いてみる。

「今日の演目、どうでしたか？」

ハンドルを握る手がきゅっと締まり、震える声が返る。

「素晴らしかったです。それ以上私に言えることはありません」

その言葉の語尾が消える前に、私は目を閉じている。腕の痛みさえ歓喜のように感じている。

江藤さんの走らせる車が、私の部屋ではなく、病院へ向かう。

あの日、冷たく白い診察室で、ブランコに乗り続ければこの腕はもう『保たない』そう告げられた私は、ハラハラと泣きながら『先生』と尋ねていた。先生、私は。

『私は――もう、飛ばなくても、いいの？』

その問いのこたえを聞くことなく、私は泣き崩れていた。生まれ落ちたばかりの、赤ん坊のように、狂乱したように。

もうこれ以上は飛べないと医者は言った。

じゃあもう飛ばなくていいんだと思った。

もう、復讐のために、毎日空を、飛ばなくていいのなら。


私は、やっと、ただ芸のためだけにブランコに乗れるのだ。


水槽の低いモーター音しか鳴らないはずの、静まり返った病室で、拍手が聞こえる。万雷の拍手の音が。

幻想よ。喝采よ。

そうだ、これは。

私を、初代サン＝テグジュペリを葬る拍手だ。

　ドクターストップをうけて、私の引退へのカウントダウンがはじまった。どのような治療を施しても、ブランコのような強い負荷をかける芸をやめない限り、遠からず私の腕は腐って落ちる。どんな高名な医師に診せてもその診断は覆ることはなかったのだから、誰も私を引き留めることは出来なかった。

　こんなにも、死んでしまってもいいと思うのに、実際に死んでしまったらどうしようもないのだ。

　それを私達は、カフカでとうの昔に知っている。

　たとえばトランポリンで残ってはどうかという声もあったけれど、「ブランコ以外で、私は生きられない」と告げると、「この話はここまで」とマネージャーは話を終わらせてしまった。

　私の不遇を知っている人間はマネージャーをはじめとした数人だけ。それでも引退した先について、様々な人が声をかけてきた。

　名誉団員。曲芸学校の講師。芸能界、誰かの花嫁候補、エトセトラ、エトセトラ。

　私はそれらすべてを否定し続けた。「今は、ブランコ乗り以外のことは考えたくないから」そう言って。

　誰もそれ以上言いつのれる人はいなかった。

　私は本当に自由だったから。

私のブランコは間違いなく、今一番美しかったから。

そして、その年の夏の終わり、私は引退会見を開くことになった。

表向きは個人の記者会見。けれど、どんな代替わりであっても記者会見を開いたことなどないのだから。私の冠名で記者会見を開く。それによる憶測はほとんど確信に近かったことだろう。

初代ブランコ乗りのサン＝テグジュペリ。

現役引退の宣言。

一方で、そんなはずがないという言葉もそこかしこから聞こえた。

サーカスのブランコ乗りは、今が一番華であるからと。

記者会見の決定を各社に流してから、当日まで、ほんの二日ほどしかなかったけれど、マスコミはこぞって憶測を並べ立てた。私の怪我。醜聞。結婚の可能性まで。

少しでも他社よりはやく、多く確実な情報を得ようと、記者達は私に詰めかけるようにはり込んだ。会社が雇ってくれたＳＰに守られながら、「すべては会見でお話しします」と私は告げた。

誰もがこちらを向いていると思った。

私を見ている。

私の声に耳をそばだてている。

それこそが、私がこの十年近く、自らに求め続けた「価値」だった。

そしてその日、夏の終わり。私はすべての資料をまとめ、仕込みを終えて、記者会見に臨んだ。

フラッシュを焚け。

マイクを向けろ。

あの制服も。

二本のおさげもないけれど。

ここが、私の最初で最後の戦場だ。


起立。

礼。

深々と。着席。

劇場があるホテルのフロアは、記者とテレビクルーで埋まっている。

その人垣の一番後ろには、カンペをだすためにスケッチブックを抱えた江藤マネがいる。

サーカスの団員は、誰も、いない。

私は、机に用意していた台本を読み始める。

今日は、私の個人的なご報告のために、こんなにもたくさんの方に集まっていただき、本当にありがとうございます。

思えば、このサーカスのオーディションを受けた時、私はまだ、十六歳でした。

なにも知らない、曲芸のいろはも知らない私を、ひとりの芸事の民にしてくれたのは、間違いなくサーカスのお客さまの拍手でした。

今も鮮やかに思い出します。

私がはじめて、喝采をうけた日のことを。

（（　Ladies and Gentlemen　））

杏音は世界のどこにいるだろう。

私のことを見ていてくれるだろうか。

（（　welcome to the Circus　））

彩湖はどこにいるだろう。

私の言葉を覚えている？

「私は、」

青山マリナという名前は、十五の時に得た名前です。
本名は、まったく別にあります。

「私は、」

私は、諸星マリナ。
父はこのカジノ特区で自殺をしました。

「私は、」

父の死を、その真相を知りたい。

「私は、」

父を殺し、今また私を貶めた、ひとりの男を、糾弾したい。

「私は、」

そのために人生のすべてを捧げてきたのです。

「私は……」


用意していた、言葉が、でない。

すべてのデータは準備され、すべての言葉は用意されていた。この十年近く、ずっとこの日を夢見てブランコに乗ってきたのに。

ぽたりと、落ちたのは、涙ではなく汗だった。脂汗だ。唇は青白く震え、かすかに俯く、それだけで、シャッターを切る音が、身を切り刻むよう。

言わなければ。

言える所からでいい。そう。


「私は、今日、このサーカスを、引退します」


そう言った瞬間、待ってましたとばかりにフラッシュが焚かれた。

身をのりだした記者達が、口々に尋ねる。引退の理由を。今の気持ちを。数々の憶測を。

その中で、よく知る声が、犬丸さんの声が、私の鼓膜を叩いた。

——あなたにとって、サーカスとは？

「私にとって、サーカスは」

そこで、視界の中、江藤マネが、動いた。
記者団の最後列で、立ち上がり。
私のカンペのための、白いスケッチブックを上げる。
そこに、書いてあったのは。
決して、丁寧ではない、黒マジックの殴り書きだった。

【マリナあなたの】
【生きたいように】
【生きて】

その言葉に、私は雷に打たれたように衝撃をうけ。
熱い、涙が、落ちる。
私にとって、サーカスは。

復讐の道具でもなく。人を切りつけるための刃でもなく。

たとえ、そのためにはじめたフライトであっても。

あの、真っ暗だった影の中で。


「私の、生きるための光でした」

——言えなかった。


私は、言えなかった。

言えなかったのだ。

それが、私の、青山マリナの、ううん、諸星マリナの、初代サン＝テグジュペリの、ただひとつのこたえだった。


思えば私は本当に、死んだ父のためにブランコに乗ったのだろうか。

きっかけはそうであったとして。

ブランコに乗った瞬間、喝采をうけた瞬間。

それがすべての、生きる光になりはしなかったか。

恨み、憎しみ、復讐を原動力として。それらが私の芸を高みにのぼらせた。

そして、その高みから見える景色こそが。

私の心をとらえたのだ。


歓声が聞こえる。すべては幻想だとしても。


死んだ父に、演目を見て欲しかった。

でも、そうじゃなくても、もうずっと、私は私のために飛んでいた。

私が、空を、飛びたかったから。

舞台という、魔物に、すでに心を食われてしまっていたから。


記者会見を終え、私はディスクと写真をもって病院にいた。

会見ではなにも、細かなことは話せなかったけれど、それでもまるで長年の憑きものが落ちたかのように身体が軽かった。

もちろん、腕はまだ、痛んだけれど。

この病院には、診察にきたわけではなかった。足を向けたのは病室でもなければ診察室でもない。役員室と書かれた、重い扉の部屋だった。

ノックののちに開くと、ソファの奥に教卓めいたデスクがあり、そこにひとりの男性が座っていた。

完璧な空調は、かつて、はじめて彼と出会った時の会議室を彷彿とさせる。

「……それで」

外国の炭酸水のボトルを揺らしながら、鷲塚片理は言った。

「今日、引退会見を終えたばかりのアイドルが、こんなところになんの用だい？」

表でマスコミが手ぐすね引いて待ち構えているだろう、ということを片理は言った。

「サーカスの花形が……いや、元、花形か」

こんなところにくるよりも、各社にファックスの一枚や二枚流せばいい、というようなことを片理は言った。

確かに、ありとあらゆるワイドショーやニュース、週刊誌の記者が私のことを追いかけまわしていた。

けれどここは静かだった。

どこまでも白く、静かだ。

カジノ特区は自分の庭だと言っていた男の執務室。

私は自分の片肘を握るように立つと、まっすぐに片理を見て言った。

「……お礼をしにきました」

は、と吐き捨てるように片理は笑った。

「なんの、だ？」

「こちらの」

　そこで私が鞄から差しだしたのは、今日の会見で、醜聞としてマスコミに晒すはずだった、ホテルの部屋での望遠写真だった。

　この写真が存在していたことについて、片理は眉のひとつも動かすことはなかった。

　知っていたのだろうと思う。

　知っていて、泳がしていたのか。この写真が世にでても、握り潰す自信があったのか。

　それとも――。

「下っ手くそな写真だな」

　デスクの上に並べられた写真、その中でも、一番私の肌の露出が多い、片理との一枚を手にとって、嫌悪感をあらわにした。

　音を立てて、写真を破り捨てる。

「これじゃあとてもじゃないけど、どこの週刊誌でも巻頭グラビアはまかせられない。そうサージの犬（ドギー）に伝えておくといい」

　写真は紙くずになった。ディスクには複製可能な画像データが残っていたけれど。

　片理の怒りは保身だろうか。自分を嵌めようとしたものへの弾劾か。それもあるのかもしれない。けれど、そればかりだとは思えなかった。

私の目にはもう、あのブランコから見える光はない。

けれど、だからこそ、見えるものだってあるはずだ。

私は凪のように穏やかな心で、片理に尋ねた。

「……あなたはあの夜、私を助けてくれたんですか？」

テレビ局の人間とは、たとえ共謀をすることはあっても仲間であったことなどなかったはずだった。巨大なスポンサー。金と権利を行使して。

多分、別のなにかを支払って、あの夜片理は、私の連れ去られたホテルに割り込んだに違いない。

それを、わからないほど、私はもう子供ではなかった。

けれど片理は興味がなさそうに、厳つい革ばりの椅子を半周回して言った。

「さぁ。たとえそうだとしても、誰にも感謝はされなかったようだけどね」

そうだ。私は、この男を嵌めた、とは思ったけれど。

助けられたことを感謝することなんてなかった。

けれど。

「どうして？」

子供ではないと思ったばかりのはずなのに、子供のように問いかけてしまう。あまりに無邪気に。

「どうして？」

その無垢さを、この男が歓待するはずがなく。鸚鵡のように片理は聞き返す。

「犬がはっていいた。そのことに気づいていたからだよ。あの耄碌老人達の勃起不全をすっぱ抜かれたら、いかに俺といえども面倒なことになると思ってね」

「あなたなら、幾らでも潰せたはずです」

私は彼の露悪趣味を、なじるように言っていた。

彼は自分を……その実情よりも悪く言い過ぎる。もっと、「本当に悪く」なったたっていいはずだ。

「かつて、そうして初代カフカの醜聞でさえ潰したのだから」

私の言葉に、片理は「はは」と笑った。どこか疲れた、乾いた笑いだった。

そして顔をそむけ、吐き捨てるように、言う。

「あの時、身体を差しだしたのは、君達の方だろう」

私は小さく首を傾げる。あの時大人達の間でなにがあったのか、チャペックがなにを選んだのかさえ私はわからないのだ。

「俺は嫌いなんだ」

デスクの上に拳をかため、眼鏡の奥で、片理が私を睨む。

これまで私に軽蔑と嘲りしか寄越さなかった彼の……ひどく純粋な、ただただ、恨みがましい視線だった。

いいか、と彼は言う。

「いいか。君はどうせ信じないだろうから、一度しか言わないぞ」

丸く太い、男の指先が、私をさして。

彼は、言った。

「女子供が身体を売るのを見るのは、心底怖気が走るんだ」

それは、嫌悪だった。ただの、感情だ。正義でもない。ましてや、優しさでもないと思う。

でも。

「あなたは」

私は、呆然と言っていた。

「本当に、ずっと、そうだったんですね」

思えば、最初に出会った時から、ずっと。

彼の目の中には、軽蔑、さげすみ、恨み、怒りがあった。

そしてそれはきっと、「守りたいものを守れない」怒りだったのだろう。

あなたは私の、父でも恋人でもないのに。

ただの、行きずりの、ただの、社会的に立場がある大人であった、それだけなのに。

「俺は今でも、君が見世物になることを反対する」

彼は言う。

これまで、誰も、私に言わなかった言葉だった。

私以外だって、あのサーカスの誰にも言わなかった。週刊誌も、ジャンキーでさえ。眼鏡の奥で、睨み付けるように私のことを見て。

「君はこの世でただひとりの人間だ」

こんなことを言ってくれる人は、誰ひとりだっていなかったのだ。

「芸が出来ても、出来なくてもそれは変わらない」

美しくなければ意味がない。見てもらえなければ、喝采をうけなければ、価値がないと、信じ続けていたのに。

そうではないと、まさかこんな相手に言われるなんて。

綺麗事だと、あなたはなにも知らないのだと、拒絶してしまいたかった。けれど。

いいか、と片理は言葉を止めなかった。

「あの舞台からおりても、君達の人生は続く」

それは、誰も、私達に突きつけることのなかった現実だ。

「ひとりの人間として、命を燃やすばかりが、生き方じゃない」

私はその言葉に、いつしか、涙を落として首を振っていた。

「いやです」

この男の前で、こんな風に、頑是ない口なんか利きたくなかった。

いやだ。やめて。

そんなこと、言わないで。

「私はずっと、あの舞台で生きて、あの舞台で死にたかった」

命を燃やすななんて言わないで。

それしかないと思っていた。けれど、それしかないと自分に思わせていたのは、思考の停止だったのかもしれない。

恐怖に打ち勝つために、それはスポットライトと喝采という快楽に身を浸す、緩慢な自殺ではなかったか。

でも、だって。

「今でも、駄目ですか」

私はデスクに身をのりだし、涙を落とし、決して頼りたくないと思っていた男に、すがるように言っていた。

「私のブランコを、見てはくれないんですか」

私は、ここまで、身体を捧げたのに。

「今でも子供の児戯だと。そうおっしゃいますか」

あなたに復讐したかった。

同時に、あなたに認められたかった。

支配したかった、屈服させたかった。私の演目の前に、膝をついて、欲しかった。

仄暗く、罪深い、それが私の欲望だった。

「私の演目は、今でもあなたの眼鏡にかないませんでしたか」

一度も彼は私の公演にこなかった。それがこたえだとしても。今この瞬間を逃せば、死ぬまで尋ねられないことだとわかっていたから。

「…………」

眼鏡の奥で、片理が目を閉じる。それがこたえだ。一度でいいので、私のブランコを見て欲しいという私に対する。私の演目に対するこたえ。

そう自覚すると、暗い闇に手をとられそうになる。片理は続けて、絞りだすように言った。

「俺は見ない」

俺は見ないよ。

言葉は短く、簡潔だった。けれどそれは、血反吐を吐くようでは、なかったか。

「自分の信念よりも美しいものを見てしまったら、誰だって立てなくなる。だから、見ない。そういう生き方もあると、君は理解なんてしなくてもいい」

あの黄金に呑まれ、暗黒に落ちる人間がいるのならば。

目を閉じる者がなければ、その腕を引き上げることは出来ない。

そうでなければ生きていけない、そういう人の弱さを、知っている人だから。

私は自分も目を閉じて、中空を見上げる。私は間違えたのかもしれないと思った。いいえ、間違えていても構わない。

「先生、と私は片理を呼んだ。そんな風に語りかけるのは、はじめてのことだった。

まだ、私がブランコ乗りでなかった頃。青山マリナとしてオーディションを、うける前。

私の愛した、私の父を知っているかと問うたなら。

「先生、私の、父を知っていますか」

「だとしたら、なんだ？」

なにを教えて欲しいのかと彼は言う。欲しいと言ったものを、くれるのかもしれない。

かつて、私が生きていくため、多額の賠償金をだしてくれたように。

ようやくだと思った。私は、本当の意味でようやく会えたのだ。

あの時の、父を知っている人。

あの時の父を知ろうとしてくれた人に。

「私は本当のことを知りたいと思っていました。世にすべてを知らしめて、父のことを知って欲しい、本当のことを知りたいし、皆に本当のことを知って欲しいって。そして、父を忘れて欲しくないって。でもそんなことじゃないんだと思ったんです。私は忘れません。私だけは、永遠に、お父さんのことを覚えています」

思い出は、たとえ、かすかでも。

「先生は、父を――」

ああ、あの日にこの人に会えていたらどうだっただろう。

あの夏の日に、浅生ディレクターでなく、この人にこうしてすがっていたら。

でも、私は同時に思うのだ。

あの日にもしも、この人に優しくされていたら。

私、きっと、あのスポットライトと黄金を知らないままだった。

それでも。

「あなたが父を、知っていたなら、あの時、私の父を、救ってくれましたか」

それはもう、意味のない仮定だとしても。なんてこたえを求めたのか、自分でもわからなくても。

もしかしたら。もしかしたらと思ってしまう。私は愚かな生き物だから。

けれど私のように、愚かではない、片理は。強い頭痛に顔を歪めるようにして、言うのだ。

「俺は聖人じゃない。神様でも」

彼がその時語ったのは、断片に過ぎなかった。けれど本当のこと、なのだと思った。誰も教えてくれなかった。誰も調べようともしてくれなかった、私の父の話だった。

カジノ建設は復興事業だ。同時に国家事業でもあった。一刻もはやい国力の回復をとやっきになっていたのは、支持率を落としていた当時の政権で、反対派をおしきり強行するためにも、建設の現場には多大な無理を強いていた。幾つかの不幸な要因が重なり、心労が一気に襲いかかったことは想像に難くない。そして、同時に、コンペで勝利した建設会社からとある政治家に、多額の賄賂が流れていた。それを知りうる立場であった父が死ぬことで、闇に葬られた証言がきっとあったことだろう。

それらは、片理の立場をもってしても、状況証拠から導きだされる憶測でしかなかったという。

「多くの人間の、利益が関わることだった。だからといって、君の父君の死が問題にならなかったことは……人間の、尊厳を、ねじまげることだった」

やはり血反吐を吐くようにして。両手の平を、一枚板のデスクについて。

頭を、下げた。

「俺も手を尽くしたが、正式に理事会として参入し、発言権を得る頃には……すべては終わったあとだった。いや、きっと、間にあったとしても……君の父君は救えなかった。本当に——本当に、すまない」

その声に、あまりに悔しさが滲んでいたから。

私は、泣くことしか出来なかった。自分のためでも、父のためでもない。

あなたのかわりに泣くことしか出来なかった。

「生涯、君は人を恨む権利がある」

と彼は続けた。頭を上げず。

「俺はずっと、恨むに足る位置に居続けるだろう。だから……恨み続ければいい」

だって、それでも、きっと、あなたが悪いわけじゃないのに。本当の悪人は、父を追い詰めたその構造は、別にあるだろうに。

私は子供のようにあなたを糾弾し、逆恨みをし、爪を立て。

でもこの人はそれを許容するんだと思った。

恨み、憎むことを。当然だと。

人は、そうしなければひとりでは立てない時がある。それを知っている人だから。

「あなたは……それでいいんですか」

私が、涙とともにこぼした問いかけに。はじめて片理は顔を上げ、唇の端を曲げて、笑った。酷く、自嘲めいた笑いで。

生き方を、これでいいのかと聞かれて。

「優しい人間ほど、はやく逝く。それだけは……やるせないよ」

多分、それは、私の父だけの話ではなく。もしかしたら、彼も……愛した人を、亡くしたのかもしれないと、唐突に気づいた。

生きていく力が、光ばかりとは限らない。恨み、憎しみは、私を生かした。ここまで。人の出来ないことを、させてくれた。

そして私は今、ここに立ち。

舞台からおりて、一体どこに、行けばいいのだろう。

なにもなかった。私には。

もう、自分を奮い立たせる恨みもなく。

同時に、喝采も聞こえてくることはない。

魂の抜けてしまったような私に、片理はデスクの引きだしをあけて、一通の茶色い封筒をとりだした。

「君のもってきたスキャンダル写真と、この写真を、交換しよう」

泣いている女性に、ハンカチの一枚も渡さない片理だったけれど。

「君が、あの舞台からおりる時に渡してくれと、預かっていた」

封筒から現れたのは、一枚の写真だった。

写真館で撮ったような、かしこまった、美しい写真だ。その、片方の女性に私は確かな見覚えがあった。

「彩湖……？」

サーカスから消えて、一切の連絡がとれなくなったあなたが。

今、凛とした顔で、美しく穏やかな微笑みを浮かべている。

そして、その隣には。

ひとりの女性――まだ彩湖よりも若い少女が映っていた。見たことがない少女だと思った。いや、本当にそうか？　唇の形、輪郭、鼻の形がかわったけれど。

唯一、その眼球にかすかに残る、痣の名残。

……まさか、と思った。

あまりのことに私は顔を上げ、片理の顔を凝視する。彼女は死んだはずでは、なかったか。象から落ちて、その検死をしたのは……どの、病院だった？

そしてその死によって、その死によって、楔を解き、自由になった魂があったのだとしたら？

片理は、なにも言わなかった。否定も、言い訳も。

それがすべてだと思った。

封筒には、その写真が一枚だけ。私は震える指先で、写真を裏返す。

少し神経質な、彼女の字で。


そのメモは、「マリナへ」という言葉ではじまっていた。

マリナへ

わたしは今、愛する人と
幸せに暮らしています。
どうか、あなたも

舞台をおりても、幸せを手に入れられますように。

あなたの友より

新シーズンを控えて、休演となったサーカス団。

その静まり返った劇場に、すべての曲芸子が集まっていた。名もない妖精も、曲芸学校の生徒達の姿もある。

ワイドショーでは朝から、何度も私の記者会見の様子と、サーカスの映像が流れていることだろう。

地下の駐車場に入る時にさえ、たくさんのリポーターの姿が見えていたけれど、劇場の中は静かだった。

「もうこないかと思った」

劇場に現れた私に、そう告げたのはアンデルセンだった。私は穏やかに笑う。誰もが泣きはらした目をしている中で、彼女だけが、崩れることのない完璧な化粧で、つんとすねたような顔をしていた。

「勝手をしてごめんなさい」

様々なことについて。ずっと勝手をし続けて、ごめんなさいと。そう私が告げると、彼女はやはり完璧な角度で首を傾げた。

「もっと勝手をしにきたんじゃないの？」

なにもかも、彼女にはばれている、と私は思う。

「ええ」

私は見回す。ひとりひとり、このサーカスを支える少女達の顔を確かめる。その中に幾人も、去っていった少女達のシルエットが重なる。

私もここを去り。

初代サン＝テグジュペリという名と、誰かが私を想う時にだけ浮かび上がる、亡霊だけが残るのだろう。

「今日はみんなに、お願いがあってきました」

これが最後の言葉だと、教えねばならなかった。出来うる限り優しく、祈りを込め、

「私はこのサーカスを去ります」

私は伝える。泣き崩れる少女が、視界の端にうつる。

「ブランコに乗れないのなら、もう、舞台に戻ることはありません」

私にはブランコだけだった。だから、それでいい。

「それでも、私が去っても。このサーカスは続いて欲しい。そう思っています」

少女だけのサーカス。

このカジノ特区で。欲望の街で。

——喝采がある限り。熱狂が続く限り。

私は、このサーカスの存命を望む。

「そのために」

私の出来ることは、多くはない。そのために。

「初代サーカス団員として、私は最後に——このサーカス団に、団長をつくりたい」

劇場はしんと静まり返っていた。

あるものはすがるように私を見て、あるものは俯き、あるものは目をそらしていた。

その中で、私は。

「サーカス団長は、彼女に任せます」

一歩、また一歩、客席の間を抜けて、サーカス団員の波をかき分け。

私は、その人の前に立った。


「江藤マネージャー、お願い出来ますね？」


私の言葉に、彼女がゆっくりと顔を上げる。ほつれた髪、やつれた顔。眼鏡の奥には、泣きはらした目。昨日から家にも帰っていないのだろうか。くたびれたスーツだった。

「は……？」

かろうじて紅を塗られている唇が、驚愕に震えている。私はその顔をしっかりと見た。

私が、誰よりも私が、見ておかなければならない顔だった。

江藤さんは浅い呼吸で、ひきつった顔で言った。

「馬鹿なことをおっしゃらないで下さい。私は運営会社の人間です。今マネジメントを行っているのは会社の業務として。マネージャーとしても、とても初代だなんて言えない立場で――」

「いつもありがとう」

私は、彼女の言葉を遮り、眼鏡の向こう、その瞳にうつる自分を見た。

ねぇ、その姿は、今も、輝いてる？

私は心の中だけで、問いかける。

はじめてあなたに、ブランコを見せた時から。

「ずっと、私達に、手紙を書いてくれて、ありがとう」

私の言葉に、江藤マネは、よろめくように膝からくずれる。私はその腕を摑む。

彼女を支える。

ずっと、彼女が、『F』が、プレ公演の翌日から、私達サーカス団員に「そう」してきたように。

「どうして」

Fの声は、震えている。

私はその背をゆっくりとさすり、彼女に言った。

「きのうの会見で、あなたは私にカンペをだしてくれました。あなたは今まで、一度たりとも、メモのひとつも私達に渡してくれたことはなかったのに」

その瞬間に、私はすべてがわかったのだ。

わかって、しまった。

「あなたの字を、見間違えることなんてないわ」

マリナあなたの
生きたいように
生きて

いつもの便せんじゃない。いつものペンではない。それでも。

——あれは、あなたの字だ。

「ずっと、応援してくれてたんでしょう？」

Fが、なにをさす言葉だったのかはわからない。ファンだったのかもしれないし、その語源の、狂信者という意味だったのかもしれない。それとももしくは——江藤、えふじ、Fの字、という細やかな暗号だったのかもしれない。

どんな手を使い、どれほどの決断をして。時間を捧げ、人生を賭け、そして幸運さえも味方にして、あなたがここまできたのかはわからない。

けれど、あなたはずっと、自分になにが出来るかと問うていた。出来ることを探してくれていた。

このサーカスのために。

私達のために。

「私」

江藤さんはきっと一生、言わないままでいるつもりだったのだろう。冷静沈着なマネージャーの顔をして。私達にきつくあたって。仕事だと自分を奮い立たせて。

きっと、こんな細い、貴方の肩に背負わすには、つらすぎる仕事をさせていたに違いない。

「私には、むりです」

だって、あなた達とは違う、と泣きじゃくりながらFが言った。

ただ、見ていただけだと。ただ、見ていただけ、愛しただけ。憧れただけ。祈っただけ。

でも、そうして逃げることを、私はもう、許さない。

だって、私達はここにいる。

「この劇場にいる、すべてがサーカス団員よ」

この、熱狂と幻想の中で。

「客席にいる観客(ファン)が、私達と同じサーカス団員ではないと、誰が言ったの？」

拍手をする。没頭し、心酔をし、熱狂をする。それだけのことが出来るのは、ただの消費者ではないと私は思う。

そしてその証拠に、あなたはここまできた。

一線を越えて。重い緞帳の、あちら側から、こちら側に。

だとしたら、もう逃がさない。私はもう、ただ享受するばかりを、許さない。私の言葉が、あなたの人生に、どのような呪いをかけるとしても。

私はあなたに、言うだろう。


「あなたは、初代サーカス団員。それを誇り、このサーカスを守って欲しい」


あなたの愛が、どれだけ深いか私は知っているから。

あなたは、私の言葉を拒否出来ない。

「江藤マネージャー」はそう出来ても。

「F」は、そう出来ないと、知っているから。

だから私はどこまでも狡く、そう頼んだ。

Fの顔は歪んでいる。絶望と、戸惑い。荒野に放りだされた、哀れな羊のように。

それでも。

「ブランコ乗り……」

震える声で、あなたは言うのだ。

「行かないで」

願いを、ひとつ。ただひとつ。

「行かないで、私の星」

私の身体も知っていて。私の絶望も知っていて。好きなように生きてと願い、それでもなお、言わずにはおれない。あなたを……私はきっと、愛したに、違いない。

でも、知っているのだ。

「あなたはきっと」

その、華奢な身体を抱きしめて、私は、切りつけるほどの残酷を、言ってしまう。

「次のブランコ乗りも、愛してくれるはずでしょう」

次も、次も。その次も。どこまでも。

たとえそれが、どれほど罪深いこと、どれほど愚かなことかわかっていても。いや、わかっているからこそ。

あなたの愛を、私は信じている。

そうして、私は告げた。

サーカスを去る、最後の置き土産に。

あなたの冠、あなたの称号を、
初代サーカス団長シェイクスピア。

今日からこれが……あなたの名前だ。

すべてを託し終えて、劇場を去る私は、最後にアンデルセンに話しかけた。

ずっと、つんとすました顔をしている、アイドルから……お姫様となった彼女に。

アンデルセン、と私は名前を呼ぶ。それから、言い直して。

「——有葉」

きっと、これからのサーカスで、その支柱となる彼女に。私は最後に、声をかけた。

「サーカスをよろしくね」

あとは、もう、あなたにまかせてもいい？

そう、甘えるまでもなく。

アンデルセンは、美しい流し目で私を見て。

つんとした、涙も感傷も知らない顔で。

「振り返らないで」

そう、言った。

「いいこと。ここから降りる人間は、絶対に振り返ってはならない決まりなのよ」

あとは、まかせて。

私はその、言外の言葉に深く頷き、劇場をあとにした。

身体が軽く、羽が生えたようだ。生まれ直したようだった。ブランコにも乗れない私は、なにももたない、それでも。

　これからを、生きていく。

　そうして、跳ねるような足取りで地下の駐車場にでると、一台の車が停まっていた。

　車種はわからない。けれど、美しく磨かれた高級車と。

　紙コップのコーヒーを握った、その人がいた。

「これから、たくさんのスカウトが君にくるとは思うが」

　鷲塚片理が、自分の車の助手席、そのドアを開いて言った。

「これは君のために用意した、エクストラシートだ」

　秘書の席がひとつあいている、と片理は言った。

「英会話は医療ビジネス用にチューニングしてもらおう。可能なら中国語とドイツ語にも対応して欲しい。それだけの働きをしてもらったら、この社会で生きていくのに優位なキャリアを渡すと約束しよう」

　年俸は今の倍は確約する、と片理は言った。

「稼ぐだけ稼いで、あとはどこへなりと行くといい」

　はじめて私に、購入権がある、特別なシート。

　のるか、のらないか。

　選択権は私にあると片理は言う。

　未来のことなどひとつもわからない。それでも。

この人を、隣で支えたい。

はじめて私は、そう思った。たったひとりで立つのではなく。

いつか、もっと別の誰か、別のなにかを求めることになるのかもしれないけれど。

この人の見ている世界を支えたい。

そしてそれが……きっとこの、カジノ特区を。ひいてはサーカスを、守ることにつながる気がした。

この欲望の街で。

私は、これからも。

ただ、生きていく。

ただ、ひとつの、命として。

終　――Fからの手紙

少女サーカス団
八代目ブランコ乗りのサン＝テグジュペリ　片岡涙海さま

はじめまして。

あなたに手紙を送るのは、これがはじめてです。

そもそもファンレターを書くなんて、何年ぶりでしょう。最後に手紙を書いてから、十年は時間が経っているでしょうか。

元々はわたしは、少女サーカス団の根っからのファン、いいえ、ジャンキーでした。少女サーカスに人生を救われ、少女サーカスに人生を捧げました。

おおげさだとお思いになるでしょう。けれどそれが嘘でも誇張でもないことを、誰でもない、わたしが一番よく知っています。

この数年間、手紙はほとんど書いてはいなかったけれど、サーカスはわたしの中心でした。サーカスのために生きていました。必死でした。すべてはサーカスのためと思ってきたけれど、本当に正しいことなんてわかりませんでした。実際、わたしは間違ったことも数多くしてきたのでしょう。でも、これしかないと思って、生きてきたのです。

どこか懺悔のような文章になってしまいましたね。書きたいことはこんなことではないのです。

今年、仕事上の責任のある立場を退いた時、ああこれで、また手紙が書けるのかもしれないと思いました。ただの、ひとりのファンに戻って。

それでも、なかなかペンをとれなかった。自分の中のなにかが、変わってしまっていたら。そんな臆病さ、怯えがありました。

けれどそんな中、あなたのカムバック公演を見ました。

あなたの演技は、それこそ代替わりの、お披露目公演から見ていたというのに。

ブランコの上、いびつなシルエットであなたが立ち上がった時、わたしは涙が落ちるのを止めることが出来ませんでした。

初代ブランコ乗りを知っていますか？

黄金のマリナと呼ばれた彼女は、腕を痛め、このサーカスを去ったと言われています。

もう、遠い遠い昔の話。彼女の本当の引退理由はなんだったのか、わたしも知ることは出来ませんが、あなたのパフォーマンスを見た時、彼女のことを思ってしまいました。

彼女だって、腕をなくしても、ブランコをまだ、続けられたのではないかって。

そんな仮定は、無意味だとわかっています。すべての曲芸子に、スポットライトを浴びるだけの才があり。舞台を降りるだけの、理由があったのだと、本当はわかっているのです。

でも、だからこそ。

わたしは、あなたが、その身体で、未熟で、不完全な姿で、サーカスに戻ってきてくれたことが嬉しい。

感謝の言葉を、伝えずにはいられないのです。


どうか、命の限り、ブランコに乗って下さい。

あなたの、生きたいように、生きて。

空を、飛んで下さい。

その限り、わたしはあなたに、拍手を送り続けます。わたしの腕が動かなくなっても、わたしの足が動かなくなっても。

それらの感動はすべて、あなたがくれたものなのですから。

また、手紙を書きます。他の曲芸子達にも。読んでもらえなくても構いません。

はじめて手紙を書いた時から、この手紙は、わたしの願いであり、わたしの祈りです。


八代目ブランコ乗り。

そして、すべての代の、サン＝テグジュペリへ。

今も、昔も、これからも。
あなたは、わたしの星、そのものです。

Fより

本書はフィクションであり、実在の人物および団体とは関係がありません。

今宵(こよい)、嘘(うそ)つきたちは影(かげ)の幕(まく)をあげる

紅玉(こうぎょく)いづき

2023年9月5日初版発行

発行者……千葉 均
発行所……株式会社ポプラ社
〒102-8519 東京都千代田区麹町4-2-6
フォーマットデザイン 荻窪裕司(design clopper)
組版・校閲 株式会社鷗来堂
印刷・製本 中央精版印刷株式会社

ポプラ文庫ピュアフル

みなさまからの感想をお待ちしております

本の感想やご意見をぜひお寄せください。いただいた感想は著者にお伝えいたします。

ご協力いただいた方には、ポプラ社からの新刊やイベント情報など、最新情報のご案内をお送りします。

ホームページ www.poplar.co.jp
©Iduki Kougyoku 2023 Printed in Japan
N.D.C.913/334p/15cm
ISBN978-4-591-17896-6
P8111363

嘘を背負うふたりの少女の
胸が熱くなる青春ミステリ！

紅玉いづき
『今宵、嘘つきたちは光の幕をあげる』

装画：紫のあ

未曽有の大地震が首都・東京を襲った後、復興の名目で湾岸エリアに大人の街――カジノ特区がオープンしてから長い時間が経った。今宵も、街を象徴する少女サーカスでは、古き文学者の名を冠する精鋭たちが舞台へと踊り出る。が、あるとき花形の空中ブランコ乗り・片岡涙海が練習中に落下。身代わりとして、そっくりの双子の妹・愛涙が舞台に立つことになる。やがてその命が狙われて……？「少女文学」作家・紅玉いづきの二部作！